スクープを狙え!

中央新聞坂巻班

仙川 環

ハルキ文庫

角川春樹事務所

目次

スクープを狙え！

中央新聞坂巻班

第1章　敵は内にあり

1

マンションを出ると、もわっとした空気に包まれた。

早稲田通りを引っ越し会社のトラックが爆走していく。見えない粒子が鼻から入ってくるようだ。

上原千穂《うえはらちほ》は、肩に掛けたトートバッグを揺すり上げると、中野駅に向かって歩き出した。

東京では五月の連休が明けると、夏はもう目の前だ。駅前商店街の靴屋の軒先には、色とりどりのサンダルが並び、バカンスめいた空気を醸し出している。

とはいえ、夏休みが来るまで、少なくともあと二カ月。その間、三連休はない。

それに気付いたとたん、バッグに入れたノートパソコンが、ずっしりと重くなった。

中央新聞に入社して五年目を迎えた今春、社会部から生活情報部に異動になった。暮らしに密着した情報を発信する部署で、社会部をはじめとするニュース出稿部のような夜討ち朝駆けはない。つまり、他社との戦いがない。

「敵」がいなければ、自分のペースで動ける。余裕ができ、仕事漬けの生活から解放されると喜んでいたのに、見事なまでに当ては外れた。

まず、誤算だったのは、生活情報部に新設されたニュース班に組み入れられたこと。この部では、マイペースで取材して、読み物記事を書けばいいのだと思っていたのに、まさかニュースを取材する羽目になるとは……。

周りの人間にも、恵まれていないような気がする。

優秀で人当たりがいいと評判の女性デスク、高橋有子《たかはしゆうこ》は、実際には、かなりのくせ者だ。輝くワーキングマザーとして、目標にしたいと思っていたが、そういう存在ではないような気がしている。能力に差がありすぎて参考にならないし、部下の指導にかこつけて自分の点数稼ぎをしようとするところには正直言って、ドン引きだ。

同じ班にいる先輩記者の柿沼達也《かきぬまたつや》は、クールぶっているくせに野心家であまり気が合いそうにないし、後輩記者の堀昇太《ほりしょうた》にいたっては、こっちが心配になるほど空気が読めない。

しかし、なんといっても最大のネックは、サカマキング、理不尽大王と呼ばれるキャップの坂巻武士《さかまきたけし》だ。

坂巻の暑苦しい顔が脳裏に浮かんだ。

連休を利用して宮城県の山間《やまあい》にある実家でリフレッシュしてきたのに、すでに気持ちはどんよりだ。

思えばこの二カ月、坂巻に振り回されっぱなしだった。これから夏休みまでの二カ月も、同じようなものだろう。

——でも、悪いことばかりでもなかった。

総武線の黄色い車体に乗り込みながら、自分に言い聞かせる。

最近、何をどう取材すべきなのか、分かりかけてきたような気がする。手応《てごた》えと呼べるほど確かなものではない。でも、これまでとは違った何かが、自分の中で芽生えている。坂巻のおかげだとは、思いたくない。たまにはいいことも言うけれど、暴言が多すぎる。あんな人の影響を受けたら、ろくなことにならないだろう。

生活情報部のある一画に着くと、先輩記者の柿沼達也が新聞を広げていた。季節を先取りして衣替えをしたのか、涼しげな淡いグレーのスーツを着ている。坂巻と堀の姿はなかった。

「おはようございます」

声をかけたが、柿沼はそっけなく目でうなずいただけだった。

同僚なんて、そんなものだ。朝、爽やかな挨拶とともに就業を開始する職場など、この会社にはない。

コーヒーを飲みながらメールをチェックしていると、デスクの高橋が近づいてきた。四十代半ばで、中学生の息子がいるとは思えないほど華やかな雰囲気だ。しかし、表情は冴《さ》えなかった。綺麗《きれい》に描かれたアーチ型の眉がぎゅっと寄せられている。

「上原さん、ゴールデンウィーク中に総合面に出した原稿だけどね」

空いていた堀の席に座りながら、高橋が言う。

「あ、はい」

高齢者向けの食品にまつわる話題をニュース仕立てにして書いた。原稿が印刷所に送られる直前に、大胆な手直しをしたため、バタついてしまった。その甲斐《かい》あって、原稿自体は満足のいくものになったと思うのだが……。

「何か問題がありましたか？」

身構えながら尋ねる。

「内容はよかったと思う。最後の最後で大きく直したから、整理部と社会部のデスクには怒鳴られたけど、読者からは好意的なメールも来てた」

ただし、今朝一番に社会部が文句をつけてきたのだと高橋は言った。

「ひどく嚙《か》みつかれちゃってねえ。似たような企画を連休明けに出す予定だったのに、上原さんの記事のせいで、延期せざるを得なくなったんだってさ。そういうことを言われても、ってかんじなんだけど」

内心、首をかしげた。

今の台詞《せりふ》は、千穂こそ口にしたい。

各部が出稿する原稿の調整は、デスクの仕事だ。記者は他部の記者が何を取材し、どんな原稿を出そうとしているかなんて、知りようがない。

役所、政治家、上場企業など、担当記者が決まっている相手を取材する際には、担当に一言断りを入れるのが筋だけれど、あの記事にそんな取材先は一つも出てこない。

「社会部の企画って前から決まってたんですか？」

「みたいね。ただ、私は聞いてなかった」

「だったら、こっちに問題はないですよね？」

高橋はうなずいた。

「でも、まあ社会部の事情も分かるのよ。予定が狂ったらデスクは大変だもの。それで、企画が再度延期になるのは勘弁してほしいって頼まれたの」

社会部の企画が掲載されるまでは、高齢者とか食品がキーワードになるような記事の出稿は控えるようにと高橋は言った。

「ああ、なるほど、了解です」

うなずいたとき、ドスンと何かを床に置く音がした。音の方向に目をやると、緑のディパックが鎮座していた。自転車通勤をしている坂巻のトレードマークだ。いつの間にか、出勤してきていたらしい。

背を抱くように椅子にまたがると、坂巻は大きな目で高橋を睨《にら》んだ。

「今の話、聞き捨てならねえな。ヒヨってんじゃねえよ。社会部の横暴に屈するのか？」

高橋が顔をしかめる。

「そんな大げさな。相手の事情を考えてあげようというだけです」

「お前、社会部の企画予定を見逃していたのか？　だったら、お前にも非がある。こっちが遠慮するのが筋だ」

「前後編の二回で、それほど大きくないから、予定を出してなかったそうです」

「だったら、全然こっちに非はねえだろ。そもそも、そんな見え透いた嘘《うそ》を信じるバカがいるか」

そう言うと、坂巻は大きな目をぎょろつかせながら、「難癖だ」と言った。

「上原の原稿は評判良かったんだろ？　似た分野をカバーしている社会部は面白くないはずだ。だから、難癖をつけてきたんだ。まともに相手にする必要なんかねえよ。上原はガンガン原稿を出せ」

——面倒くさい。本当に面倒くさい。

社会部の企画が出るまでの間、高齢者や食品にまつわる原稿を控えればいいだけだ。なぜ、坂巻はいちいちムキになるのだろう。

「そうは言っても……」

言葉を継ぎかけた高橋を坂巻が遮った。

「売られた喧嘩《けんか》を買わないでどうするよ。強気で鳴らした高橋記者が、デスクになったら逃げ腰かよ。ヤキが回ったんじゃねえの。それとも、社会部に恩を売って、点数稼ぎがしたいのか？　嫌だねえ、出世欲にまみれた人間は」

高橋の顔が紅潮した。

「どういう意味ですか？」

尖《とが》った声で言う。

千穂はハラハラしながら顔を伏せた。高橋もキレるとめっぽう怖いのだ。

「俺は、出世が悪いって言ってるんじゃねえぞ。出世したいなら、正々堂々と戦いやがれってんだ。欲の皮をつっぱらかして、隙あらば点を取ろうって態度が、みっともねえって言ってんだよ」

高橋が怒りを抑えた声で話し始めた。

「喧嘩する必要があるときはします。でも、この問題でそこまでする必要はないでしょう」

千穂は、首をぶんぶん縦に振った。

高橋の言う通りだと思う。この程度のことに目くじらを立てていたら、年がら年中、喧嘩をしなければならない。そんなの不毛だ。

しかし、坂巻は首を横に振った。

「分かってねえな。ここは絶対に引いちゃいけないところだ」

坂巻はそう言うと、千穂のほうを見た。

「というわけで、上原は高齢者と食品をキーワードにした記事を至急、書くように。ストレートニュースが望ましいが、この際、ビッグニュースを出せとは言わん。最近の傾向をまとめた原稿でいいから、一週間以内に取材してこい」

千穂は黙ってうつむいた。

どうせ、拒否権はない。でも、社会部に喧嘩を売るなんて、考えただけで憂鬱《ゆううつ》になってくる。坂巻が、しっかりした後ろ盾になってくれるならまだいい。でも、どうせこの男は、吠《ほ》えまくるばかりで、矢面《やおもて》に立たされるのは自分、ということになりそうだ。

社会部は、坂巻ほどではないにせよ、強面《こわもて》が多い。胃が痛くなってくる。

げんなりしていると、高橋が割って入った。

「坂巻さん、やめてください。私と社会部のデスクの間で、話はついているんですから」

頼もしい声で言ってくれたが、坂巻は鼻を鳴らした。

「だから、原稿は通さないって言うのか？　だったら、お前には頼まねえよ。この部のデスクは、お前一人じゃねえし」

なぜ、いちいち喧嘩腰なのか。高橋もうんざりしたように首を振っている。

「あ、そうですか。では、どうぞご勝手に」

高橋は、処置なしとでも言うような目をして坂巻を見ると、きびすを返した。

見捨てられた気分だ。でも、自分が高橋の立場だったら、やはり匙《さじ》を投げると思う。理不尽大王に何を言っても無駄なのだ。

「さて、と」

坂巻は、コーヒーでも買いに行くのか、財布を手に立ち上がった。

ため息を吐《つ》きながら、坂巻の背中を見送っていると、新聞を畳む音がした。柿沼が苦笑いを浮かべていた。

「相変わらず大変そうだな」

「はあ……。なんとかなりませんかね」

柿沼は肩をすくめた。

「ま、いいじゃないか。原稿が評判いいなんて、羨《うらや》ましいよ。いい面で大きい記事になってるしな」

確かに、それはある。

自分は、頑張っても平均点しか採れない、目立つ原稿など書けないと思っていた。でも、ここのところ、よくも悪くも目立っている。

「私にしては、出来すぎですね」

「そうだな。偶然、転がり込んできたネタがほとんどだし」

棘《とげ》のある言葉に、はっとした。

千穂と同時期に経済部から異動してきた柿沼は、消費者の視点から、年金や資産運用についての記事を書いている。

優秀な記者という評判だし、本人にもその自覚があるようなのだが、正直言って、最近記事の扱いはパッとしなかった。紙面だけ見ると、千穂のほうが活躍しているように見える。

ただ、柿沼は坂巻にも一目置かれているようで、千穂のように怒鳴られるようなことはなかった。

そっちのほうが、よっぽど羨ましい。それに、柿沼は平日はともかく、土日は妻とよく食事に出かけているようだ。連休中も沖縄旅行に行っていた。

仕事を堅実にこなし、プライベートも楽しむ。そういう平和な生活が自分もしたい。

でも、さすがにそれは口に出せない。出したら柿沼が嫌な顔をするであろうことは想像がついた。

「ネタ運がいいのかもしれないですね。でも、キャップ運は最悪です」

そう言うと、柿沼が表情を和らげた。

「真面目《まじめ》すぎるんだよ。坂巻さんの言うことなんか、真に受ける必要ないだろ」

珍しくアドバイスをしてくれたことは嬉《うれ》しい。でも、坂巻の命令を無視しろというのは、無理がある。

坂巻の命令が途中で変わることはあっても、命令したことを忘れることは絶対にない。熱いくせに粘着質という、とんでもなくやっかいな性格なのだ。

曖昧《あいまい》にうなずくと、柿沼は続けた。

「高橋さんがあの様子なら、他のデスクも原稿を出したがらないよ。他人の喧嘩をわざわざ買う人なんて、坂巻さんぐらいだろ。だから、原稿を書いてもたぶんボツだ」

「やっぱり、そうですよね。嫌だなあ、骨折り損になるって分かってるのに、取材して原稿を書くなんて」

「上原も、少しは要領っていうものを覚えたらどう？」

適当に取材をして、そこそこの原稿を書いて出せばいいと柿沼は言った。

「ボツになっても、そこそこの原稿なら構わないだろ。逆にボツになる可能性が高いのに、全力で取材するなんて、バカ正直すぎる」

はっとした。そういう発想は、自分にはなかった。これが、真面目すぎるということか。

柿沼は続けた。

「上原のミッションは、坂巻さんに言われた通り原稿を書くところまでだ。サクッと取材して合格点が採れる程度のものを出せ。その後は、坂巻さんの問題だ。社会部や高橋さんと戦いたいなら、勝手にやらせとけばいい。何もかも抱え込む必要はないんだよ」

そう言われて、ぐっと気が楽になった。

「それもそうですね」

「だろ？　気が進まない仕事は、サクッとやっつける。自分の責任の範囲外のことについて悩まない。これ、会社員が精神衛生を守るための基本だから、覚えておくといい」

「なるほど」

そこそこのアイデアなら、すぐに思いつきそうだ。取材が楽そうな話題を選べば、三日もあれば、目鼻をつけられる。

高齢者と食べもの……。どんな切り口で取材しようか。

連休中に見舞った寝たきりの祖父の顔を思い出しながら考える。

「さて、取材に出かけるか」

柿沼が、勢いよくパソコンの蓋《ふた》を閉めた。

2

ホワイトボードの前で、割烹着《かっぽうぎ》姿の講師が熱弁を振るっている。

「里芋は面取りをして、塩でぬめりを取りましょう。見栄えや食感も、味のうちですからね」

講師は千穂もその名を知っている調理専門学校から招聘《しょうへい》したそうだ。年齢は五十代後半といったところか。「お袋さん」と呼びたくなるようなふくよかな身体と、優しげな顔つきをしているが、しゃべり慣れているようで、説明はよどみない。

小学校の教室ほどの部屋に六つの調理台。その周りに、五人ずつのグループに分かれて、受講生であるヘルパーたちは座っていた。各自が持参したらしい、色とりどりのエプロンや三角巾《さんかくきん》をつけ、膝に広げたノートにペンを走らせている。

千穂も壁際のパイプ椅子で、メモを取った。

里芋と鶏挽肉《とりひきにく》のそぼろあんかけと、ほうれん草の胡麻和《ごまあ》え、そしてアサリの味噌汁《みそしる》が今日の献立である。どれも簡単そうだが、作り方にはいろいろとコツがあるようだ。

ただ、難しいものではない。コツと言うより、「心がけ」と言ったほうがしっくりくるようなものばかりだった。

「これから調理実習に入ってもらいますが、その前に質問がある方はどうぞ」

講師が言うと、最前列の調理台で、年配のヘルパーが手を上げた。

「現場で、面取りとかやってる時間はないんですけど」

面倒くさそうに言う。

講師は、笑みを崩さずうなずいた。

「そうですねえ。皆さんの場合、時間的な制約がありますから、調理のプロのように、全てを完璧に行うことは難しいかもしれません」

何人かの受講生が同時にうなずく。

「でも、これまで私が皆さんの実習を見てきて思うのは、調理に必要以上に時間がかかっているということです。皆さんは調理の専門家ではないかもしれませんが、サービスのプロでしょう。プロとして常にベストを尽くすことを考えてください」

表情はにこやかだったが、毅然《きぜん》とした口調だった。

質問したヘルパーは、面白くなさそうにそっぽを向いた。

「ほかには、いかがですか？　ないようでしたら、椅子を片付け、手を洗って実習に入りましょう」

部屋のあちこちで、椅子を引く音が聞こえた。

千穂も席を立つと、そっと実習室を抜け出した。調理実習の間に、この研修を企画した栄養士会の担当者に隣の部屋で話を聞くことになっている。

事前に言われていた通り、一つ上の階の事務所に行くと、栄養士会の森島礼子《もりしまれいこ》が笑顔で迎えてくれた。長い髪を後ろで一つにまとめ、セルフレームの眼鏡をかけた知的な美人だ。

礼子は、「そっちのブースでお願いします」と言いながら、ついたてに仕切られた談話スペースを指さした。

言われた通り、ブースの中で座って待っていると、礼子は湯飲みを二つ運んできた。

「どうでしたか？」

湯飲みをテーブルに置きながら言う。

「どうってことないような料理でも、いろいろとコツがあるんですね」

素直に感想を述べると、礼子は大きくうなずいた。

「そうなんですよ。ちょっとしたコツを覚えてもらえば、ずっと美味《おい》しくなるんですけどね。年配のヘルパーさんは自己流に自信を持っていたりするから……。逆に料理なんてほとんどしたことがないし、自分は興味もないっていう若いヘルパーさんもいるから、なかなか難しいです」

今回は、有名な調理学校の講師を迎えたから申し込みが多かったけれど、自分が講師を務めた前回講座は参加者が定員に満たなかったのだと礼子は言った。

「皆さん、お忙しいから、しようがないんでしょうけどね。ただ、やっぱり食事は大事です。美味しくないと食が進まない。食が進まなければ、身体に障る。だから、ヘルパーさんには、頑張ってもらいたいんです」

うなずきながら、メモを取った。

見出しは、「料理の腕磨け　ヘルパーの研修続々」といったかんじか。

――ホームヘルパーが作る料理が、遅くてまずい。

高齢者の食問題について調べていると、そんな苦情が結構あることを知った。

在宅で家族に介護を受けている千穂の祖父は、自他共に認める食通だ。伯母と母が料理を作っているが、もし祖父がヘルパーに食事を作ってもらうとなったら、文句たらたらで大変なことになるだろう。

そう思って、改善策について取材してみることにした。

調べてみたところ、東京都から委託を受けた区の栄養士会が、ヘルパー向けの研修を実施していることが分かった。早速、電話をかけて担当だという礼子に簡単に話を聞き、今日、実習を見せてもらうことにした。

明日は、料理上手で人気のヘルパーに同行し、利用者の自宅で彼女が調理する様子を取材させてもらう予定だ。このヘルパーのことは、礼子に教えてもらった。最近、同業者の間で話題になっているそうで、礼子自身が興味を持っているという。

なんでも、本人がマダム向け雑誌のモデルのような美人だそうで、そのうち、本でも出すのではないかと噂《うわさ》されているとか。連絡を取ってみたところ、快く取材に応じてくれたばかりか、利用者の自宅で写真撮影をさせてもらえることになった。サクッとアポイントが入り、取材も楽。これならボツになったとしても、精神的打撃は少ない。

話が一段落したところで、礼子が壁の時計を見た。

「こんなところでよろしいでしょうか。そろそろ料理が出来上がると思うので、実習室に戻りましょう」

それは急がねば。

写真は明日の取材のとき、写真部に撮ってもらう予定だったが、念のために今日の実習風景も自分のカメラで撮影しておきたい。

「ありがとうございました。とても参考になりました」

ノートをしまうと実習室に戻り、持参したデジタルカメラで写真を適当に撮った。その後、出来上がった料理の味見をさせてもらった。同じレシピと材料で作ったものでも、調理をする人間の腕によって、ずいぶんと味が違うことに驚いた。

ヘルパーたちと言葉を交わし、料理の感想などを話していると、なんだか楽しくなってきた。

こういう取材は初めてだ。そして、生活情報部に異動になったときイメージしたのは、まさにこんな取材だ。

キリキリとニュースを追いかけたりせず、丁寧に現場を回る。のんびりとした性格で野心もない自分にはぴったりの仕事だと思う。

でも、坂巻率いるニュース出稿班にいる限り、無理だろう。そもそもなぜ、生活情報部でニュースを出さなければならないのか、何度考えても分からない。

試食タイム終了を機に、取材を切り上げた。

地下鉄で本社のある水道橋へと向かう。

実習は午後四時に始まったので、すでに七時を過ぎている。車内にいる人のほとんどは、帰宅途上にあるようだ。

この時間に帰れるなんて羨ましいと思いながら、隣に立っている中年の女性のほうを見た。彼女は指を忙《せわ》しく動かしながら、スマートフォンでメールを打っていた。

画面がつい、目に入ってしまった。

――遅くなってごめんなさい！　あと三十分で帰ってすぐに支度するから、夕飯は八時ぐらいです。

それを見て、少し反省した。家族がいる人は、帰宅してからのほうが、むしろ忙しいのかもしれない。表面的なことだけを見て、自分ばかりがなぜ辛いのかと嘆くのは、馬鹿げている。

地下鉄の駅から出て、歩き始めたところで、男に声をかけられた。

「おお、上原じゃないか」

ジーンズに洒落《しゃれ》たデザインの白いシャツを着て、革製のいかにも高そうなディパックを肩にかけている。年齢は千穂と同じぐらいだろうか。

場所柄、会社の人間だと思うが、どの部の誰だったか思い出せない。外回りの記者がジーンズを穿《は》き、しかもシャツの裾を出していることはない。ということは、内勤の部署の人だと思うのだが……。

「ええっと、すみません」

気まずさを覚えながら言うと、男は苦笑を浮かべた。

「分からないか。同期の山下《やました》だよ」

そう言われて、ようやく思い出した。

新人研修の合宿で同じ班だった山下豊《ゆたか》。静岡支局を経て名古屋支社の社会部に行ったことは耳にしていたが、東京に来ていたとは知らなかった。会うのは実に四年ぶりだ。

「ごめん、ごめん。久しぶりだね。印象、だいぶ変わったんじゃない？　まったく分からなかったよ」

この春、名古屋から本社の整理部に移ったのだと山下は言った。

「上原の原稿にも、何度か見出しを付けたよ。それはそうと、まだ仕事？　これから飯でも食って帰ろうと思ってたんだけど、一緒にどう？」

今夜中に書かなければならない原稿はないけど、仕事はいくらでもある。

少し迷ったが、うなずいた。たまには、同期と飲むのも、刺激になっていいかもしれない。

「会社で資料だけ取ってくるから、ちょっと待っててくれれば、付き合うよ」

「じゃあ、ガード下の焼肉屋に先に入ってる。場所、分かるか？」

「たぶん」

ガラス扉の外から、中を覗《のぞ》き見たことがある。気化した脂や煙草《タバコ》の煙が、至る所にへばりついていそうな店だった。

一瞬、躊躇《ちゆうちよ》した。でも、かえって都合がいいかもしれない。同期と言っても、男女二人で飲むことには変わりない。あの店ならば、会社の人間と遭遇しても、余計な詮索をされずにすみそうだ。

大半の記者は、他人のプライベートなんて、どうでもいいと思っている。噂話は、もっぱら人事や派閥に関してだ。

ただ、どこの部にも一人、二人は社内恋愛、不倫に異常に興味を持ち、あることないこと、言いふらしてまわる人間がいる。そういう輩《やから》の餌食《えじき》になるのは、バカバカしい。

「キャップに捕まらなければ、十五分後に行けると思う。よかったら、他の同期にも声をかけてみて」

そう言うと、千穂は足早に本社へと向かった。


指定された店の扉を開くと、煙が目に染みた。

山下は奥まった四人掛けの席で、カクテキをつまみにビールを飲んでいた。千穂の姿に気付き、軽く手を挙げる。その仕草が妙にオヤジっぽい。

でも、自分もきっと人のことは言えない。

研修のときは、二人とも学生同然だったけれど、この仕事を四年もやれば、嫌でも汚いものを目にする。いまだにキラキラ目を輝かせていたら、そっちのほうがむしろ不気味だ。

四角い背なしの椅子に腰を落ち着けると、店員が黒いビニール袋を持ってきた。鞄《かばん》と上着を入れろと言う。ゴミ袋にしか見えないが、言われた通りにジャケットと鞄をしまった。

「早かったな」

「キャップが席を外してたから、その隙にぴゅーって出てきた。理不尽大王って言われてる人でさ。捕まったら面倒なんだ」

「いるいる、そういうキャップ」

あそこまでひどいのは、そうそういないと思ったが、うなずいておいた。

注文はまだだと言うので、ビールを頼んでからメニューを広げた。リーズナブルな値段だ。スタッフを呼び、タン塩、ロース、カルビ、野菜盛りを頼む。

焼肉屋で男子に注文を任せると、脂ぎったものばかりが網に並ぶことになる。仕切り屋と思われても、自分で頼むほうがいい。ホルモンやカルビばかりでは、翌日、胸焼けでたいへんなことになる。

運ばれてきたビールで、再会を祝して乾杯をすると、千穂は尋ねた。

「他に誰か来る？」

「いや、声をかけてない。四年も地方にいたから、同期の連中とほとんど交流がなくて。紙面編集部の同期は、遅番だから出られないし。女性記者に声かけてみてよ。付き合いあるんだろ」

「いや……。私、ハブられてるから」

山下が目を丸くする。

「イジメとかそういう深刻な話じゃないよ。みんな、東京出身で私一人が田舎者だから、話が合わないみたい」

「そんなものなのか」

威勢のいい声がして、タン塩が運ばれてきた。

話題を変えようと思いながら、菜箸を取って肉片を焼き始めたところ、山下がしんみりとした口調で言った。

「上原の言うこと、分かるような気がする。俺もこっちに来て、自分が東京の人間じゃないって思い知ったというか……」

山下は熊本の海岸沿いの町の出身で、大学も地元だったはずだ。宮城の山間で生まれ、仙台の大学に通った自分と経歴がかぶる。

そのことを思い出したとたんに、山下に親近感が湧《わ》いてきた。

「私は東京で二年目だけど、同じようなものだよ。お台場にも六本木ヒルズにも、スカイツリーにも行ったことない」

それらの場所も、もはや流行のスポットではないかもしれない。

「地下鉄も、いまだによく乗り間違えるしね」

山下は笑った。

「東京は複雑すぎるよな。複雑と言えば、先週末は渋谷のスクランブル交差点に行ってみた。人間が歩く場所じゃない」

「だよね。私は今住んでる中野で十分。越してきたばかりのときは、ダサイとこだなって思ってたけど、今は変にお洒落な街じゃなくて良かったと思ってる」

「あー、それも分かる。ジャージでコンビニに行けないところには、絶対に住めない」

笑いながら言うと、山下はビールのお替わりを頼んだ。

タン塩をつまみ上げながら思う。

何年か後、自分は東京について、どんな思いを抱くのだろう。すっかりなじんでいるか、それとも相変わらず疎外感を覚えているか。どちらかは分からないけど、時計の針は確実に進んでいく。

「でも、東京をまるっきり知らないというのも、困りものだよな。上原は、今度の週末、休み？」

「たぶん」

「東京らしいところに一緒に行かない？」

身構えかけたが、自意識過剰というものだろう。肩肘張らずに田舎者同士、東京見物に出かけたら、楽しいかもしれない。

「東京見物なら、はとバスに乗ってみようよ」

山下の目が丸くなる。

「そんなもの、まだあるのか」

「結構人気なんだってさ」

「いいね！　乗ってみよう。でも、夜はせっかくだから、ちょっといい店に行こうよ。一人では入りづらくて。俺、調べとくから」

山下は上機嫌で言うと、スタッフを呼んでホルモンを追加した。

いい店か。気楽な服装で気後れせずにすむところ以外、行きたくないのが本音だが、せっかくの提案を却下するのも気の毒だった。

「いやー、今日は上原と飲んでよかった。なんだか気が楽になった。田舎者なんだから、はとバスでも何でも乗ればいいんだよな」

山下がのんびりと笑いながら言う。

「格好つけてもしようがないもん。格好つけなきゃいけない仕事でもないし」

そのとき分かった。

さっき会ったとき、名前がすぐに出てこなかったのは、山下がダサくなかったからだ。

新人研修のとき、山下はスーツがダサイと言って男子たちにからかわれていた。男子は女子と違って表現が直接的だ。一つ一つのアイテムにダメ出しをされ、気の毒だった。

といっても、実際、スーツの色も形も微妙だった。靴下ときたら、白のスポーツタイプで、千穂の目から見ても、「それはないだろう」というかんじだった。

「ね、もしかして、山下君のシャツって、どこかの有名ブランドのもの？」

「一応、そうだけど」

山下は変わった。あるいは、変わろうとしている。この分なら、山下のほうが先に東京の人になるだろう。

山下は、不安そうな表情を浮かべた。

「……似合ってないかな」

「いや、そういうわけじゃない。聞いてみただけ」

「なんだよ、それ」

「まあ、いいじゃない。それより、はとバスについて調べてみようよ。いろんなコースがあるって話だから」

千穂は携帯電話を取り出すと、画面を操作し始めた。

3

「はーい、サバの味噌煮の完成です！」

間宮鈴子《まみやすずこ》は、ガスを止めると雪平鍋《ゆきひらなべ》を片手に振り返った。カウンター越しに、鍋の中身をこちらに向けた。

カウンターのすぐそばの食卓で待機していた車椅子の老婦人が軽く歓声を上げながら、「美味しそう」と言った。ブラウスの胸元でフリルが揺れている。

今年七十二歳になる三田村《みたむら》カナ。要介護二の判定を受けており、タワーマンション最上階のこの部屋で、共働きの息子夫婦と同居している。

千穂も鍋の中を覗き込んだ。生姜《しょうが》の香りと、とろっとした味噌ダレが食欲をそそった。

鈴子は、取材に同行していた写真部の辻本《つじもと》のほうを見た。

「写真は、お皿に盛ってからのほうがいいのかしら」

「そうですね。食事を出すところを撮らせてください」

鈴子は心得たようにうなずき、鍋をいったん調理台に置いた。慣れた様子で食器棚から器を取り出し始める。

五十五歳ということだが、体つきはほっそりとしており、とてもそうは見えない。洒落たエプロンをつけ、髪をバンダナでまとめた姿は、モデルか料理研究家のようだった。キッチンが広々としており、掃除も行き届いているから、そういうイメージが湧くのかもしれない。

鈴子は、恵比寿にある高齢者向け生活援助サービス会社の開設者だった。資格を持っているということでヘルパーを名乗っているが、正式な肩書きは社長だ。

洗濯や調理などの生活援助サービスは、介護保険制度の枠組みで利用できる。しかし、その内容に満足できない利用者もいる。そういう人たちに、ワンランク上のサービスを提供し、費用を全額自己負担してもらうのが、鈴子の会社のビジネスモデルだ。

近隣に裕福な家が多いせいか、サービスは人気を集めていた。現在、ヘルパー資格を持ち、料理の腕も確かとされる二十人ほどのスタッフを渋谷区、品川区を中心に派遣している。

人気の背景には、鈴子本人のキャラクターもあるはずだ。ホームページにある鈴子の経歴欄には、こんなふうに書いてあった。

——子どもの頃から虚弱体質で、アトピー性皮膚炎に悩んでいた。結婚後は専業主婦となり、十五年間にわたり、義母の介護に取り組んだ。義母のために身体にいい食事を作っていたところ、自身のアトピー性皮膚炎も改善したため、食事の大切さを痛感したという。ヘルパーの資格は、義母の介護に役立てようと十三年前に取得した。十年前に義母を看《み》取《と》ってからは時間ができたので、ボランティアとして訪問介護を手がけるＮＰＯで働き、ケアマネジャーの資格も取得した。その後、夫の勧めもあり、フランスに留学して栄養学や調理を学び、今の会社を立ち上げた。

まだマスコミであまり話題になっていないが、そのうち、いろいろな媒体に登場しそうな予感がする。

「こんなかんじかしら？」

鈴子は満面に笑みを浮かべながら、サバの味噌煮の入った器をテーブルに載せ、両手を添えてお婆さんのほうに差し出した。器にはいつの間にか、貝割れがあしらわれていた。

辻本がすかさずシャッターを切る。

緊張しているのか、カナの表情が硬かった。辻本が声をかける。

「すみません、奥さんも、笑顔でお願いできますか」

「あらあ。困っちゃうわね」

そう言いながらも、カナは口元に手を当てて嬉しそうに笑った。

辻本はひとしきりシャッターを鳴らしていたが、やがて顔をカメラから離した。

「それでは、奥さん、食事を始めていただけますか？　ヘルパーさんは適当に会話をしてください。そのほうが自然な雰囲気で撮れますから」

辻本は、腕がいいことで知られるベテランだ。被写体は年増《としま》とはいえ美人のヘルパーと、上品そうなお婆さん。テーブルも天然木のどっしりとしたものだ。さぞかし見栄えがする写真になるだろう。

カナが食事を始めた。足腰が悪いということで、車椅子を使っているけれど、腕の動きは優雅で箸の持ち方も完璧だ。育ちがいいとは、こういうことを指すのだろう。

鈴子はカナの隣の椅子に座ると、料理の出来映えについて尋ねた。

「本当に美味しいわ。生姜のアクセントがうまく効いていること。鈴子さんは、年寄りの好みをよく知ってらっしゃるから、いつだって完璧よ。若い人では、こうはいかないもの」

外出の機会が滅多にないお年寄りにとって、食事は何よりの楽しみとなる。連休中に帰った宮城の実家で、祖父に会ったときにそう感じた。こうしたサービスが人気を集めるのがよく分かる。

この取材と先日の料理教室の話を組み合わせ、後は適当に文章を作れば、そこそこの原稿になるだろう。

辻本がカメラを下ろした。

「ありがとうございました。バッチリです」

そう言いながら、カメラを片付け始める。

鈴子の話は事前に聞いてあるので、写真が撮れれば、今日の取材は終了だ。

「では、記事が掲載されたら、お送りします」

心の中で付け加える。

——当分、掲載されないだろうし、場合によってはボツですけど。

そのとき、カナが口を開いた。

「あの、できればうちの者の話もということでしたけど……」

忘れていた。鈴子を通じて、そう頼んだのだった。

「あ、そうです。そうでした。ご家族にもお話を聞ければありがたいです」

慌てながら言うと、カナは軽く眉を寄せた。

「息子もお嫁さんも忙しくてねえ。時間が取れないって言ってるのよ。どうしましょう」

少し考えた後、うなずいた。

「そういうことでしたら、ご家族の取材はなくても構いません」

掲載されないかもしれない原稿だ。頑張る必要もないだろう。それに、カナは頭脳のほうは明晰《めいせき》だ。本人が納得して取材を受けているのだから、息子夫婦に許可を取る必要はない。

「では、お邪魔しました。お食事の続きをなさってください。間宮さんもありがとうございました」

そう言って頭を下げると、辻本と二人でその場を辞した。

玄関のドアが閉まるなり、辻本が口を開いた。

「原稿、大丈夫なのか？」

「えっ」

「なんかぬるい取材だった。手抜きじゃないか？　まあ、写真部の俺が口を出すことではないけど……」

あまりのことに何も言えずにいると、辻本は無言でエレベーターに向かって歩き出した。

後を追いながら、不安になってきた。

――ボツになる可能性がある原稿を全力で取材するなんてバカ正直すぎる。

柿沼にそう言われ、もっともだと思ったから、サクッと取材をした。

でも、写真を撮っただけの辻本に手抜きと言われてしまうようでは……。

坂巻も原稿を読んだら、そう感じるのではないか。そのとき、どんなことになるか、想像するだけで胃が痛くなってくる。

とはいえ、今日中に坂巻に原稿を見せることになっていた。文章でごまかすしかない。自信がないけど、そうするほかないだろう。

「おい、何やってるんだ」

辻本に言われ、顔を上げるといつの間にか、エレベーターが到着していた。音がしなかったから気がつかなかった。高級マンションでは、エレベーターまで上品なのだろうか。

暗い気分でエレベーターに乗り込んだ。

4

「なんだ、この冗談みたいなクソ原稿」

千穂がメールで送った原稿に目を通すなり、坂巻は言った。

「それ以前の問題として、こういう原稿、どこかで読んだことがあるぞ」

プリントアウトした原稿に目を落としながら、考え込むように腕を組む。

うなだれながら雷が落ちてくるのを待っていると、坂巻が突然、大きな声で笑い出した。

椅子をくるりと回し、千穂のほうに向き直る。

「分かった！　介護企業のチラシとかパンフレットだ。お前、そういう会社の宣伝担当になれよ。すげえ才能あるぞ。これを読んだら、料理上手のヘルパーを雇いたい気になってくる」

下手と言われるならともかく、宣伝チラシだなんて……。取材先に都合のいいことを言いなりに書く御用記者よりなお悪い。

あまりに屈辱的な言葉に身体が震えた。

ただ、自分で分かっていた。坂巻の言う通りだ。

思いがけない批判を受けたときより、自分で薄々気付いていることを他人に指摘されたときのほうが、人は強い怒りを覚える。今、自分はそんな状態なのだろう。

サクッと取材をしたら、表面的なものしか見えない。それをそのまま字にするどころか、ありもしない文章力でカバーしようとした。そうして出来上がったのが、宣伝チラシまがいの原稿だ。

隣の席から、堀が口を挟んできた。

「あまりお勧めしませんね。介護企業って、給料があまりよくないらしいっすよ」

——真に受けるな、天然ボケ。

そう思いながら、首をさらに深く折る。

横目で柿沼のほうを窺《うかが》うと、一心不乱にパソコンのキーを叩《たた》いていた。

アドバイスをしておきながら、知らぬふりを決め込むなんて無責任な人だ。

一瞬、そう思った。でも、そうじゃない。柿沼はサクッと取材しても、合格点を採れる原稿を書けるのだろう。これまでの蓄積、あるいは経験から、多少手を抜いても大丈夫なのだ。柿沼のアドバイスを生かすだけの力が、自分にはなかった。柿沼を恨むのは筋違いだ。ため息を吐いた後、千穂は自分から言った。

「ボツですね」

これからは、身の丈に合ったやり方で仕事をしよう。バカ正直と言われるほうが、手抜きだとか、宣伝チラシだとか言われるより、よっぽどマシだ。

「冗談みたいな原稿ですみませんでした！」

やけくそ気味に言うと、坂巻がちょっと待てと言うように、手を挙げた。

「写真はあるんだな」

「あ、はい。辻本さんが撮ってくれました」

坂巻が顔をしかめる。

「あの写真家気取りか。でもまあ、あいつの写真は、受けがいい。そうだな……。原稿を半分ぐらいに刈り込んで、写真をつけて出せ。紙面が空いてるときに、使ってもらおう」

意外な思いで坂巻を見る。

――宣伝チラシとまで酷評したくせに？

坂巻は不敵に笑った。

「喧嘩ってものは、タイミングを逃しちゃいかん。殴られたら、すかさず殴り返すのが定石だ。へボ原稿でも、出さないよりはマシだろう」

呆《あき》れて言葉も出ない。隣で堀がまた口を開いた。

「そっすよねー。口喧嘩でも、その場で言い返さないと、相手が無駄に勝ち誇るじゃないですか。あれ、かなりウザイです」

坂巻が我が意を得たりとばかりに、うなずく。

「その通り。原稿がボツになっても、かまわん。社会部に対し、お前らの言いなりになんかならねえっていう姿勢を見せることが重要だ」

そんなこと、あるわけがない。

社会部は冷笑し、ボツにするだけだ。それならいっそ、この場でボツにしてもらったほうが、ダメージは少ない。

「高橋デスクは、自分は原稿を通さないって言ってましたよね。ましてやへボ原稿では……」

「俺に任せとけ。この部にだって、骨のあるデスクはいる」

そう言うと、坂巻は談話スペースを見た。筆頭デスクの阿波野《あわの》朝子《あさこ》が缶コーヒーを飲んでいた。

「あれは、デキるぞ」

坂巻が他人を褒めるのを初めて聞いた。

年中、鉄の赤錆《あかさび》みたいな色のスーツを着ていることから、阿波野はそんな異名を取っていた。

——鉄の女か。

といっても、坂巻のようなトンデモではなく、優秀なデスクだ。大昔の婦人家庭部と呼ばれていた時代から生活情報部に所属し、デスクや編集委員を歴任した後、筆頭デスクの位置で生活情報部長の座を狙っているらしい。

生活情報部では、これまで女性部長が皆無だった。文化部と地方部ではすでに誕生しているのに、働く女性の問題を扱うことが多いこの部でゼロというのは、おかしいと思う。

しかし、部長が経済部か地方部から落下傘でやってくるという慣習があり、しようがないのだそうだ。現在の下村《しもむら》部長も、地方部長からの横滑りだ。

当然のことながら、この状況は生活情報部が長い人間にとって、面白いものではないようで、多くの部員は阿波野部長の誕生を心待ちにしている。

ただし、千穂は阿波野のことが苦手だった。

滅多に笑わず、余計なことは言わない。そして、いわゆる「モーレツ社員」だ。若い頃には、何日も会社に泊まり込むことがあったらしい。

――せめて近所の銭湯か、泊まり勤務用のシャワー室に行け。

誰がそう彼女に伝えるかで、部内が揉《も》めに揉めたという逸話が残っている。

仕事が理由かどうかは知らないが、独身を貫いている身でもあった。

阿波野も千穂のことがたぶん、嫌いだ。

この部に異動が決まったとき、下村に挨拶に行った。ワークライフバランスを重視した働き方がしたかったので、それが可能なこの部に来ることができ、とても喜んでいると伝えた。そのとき、部長の隣にいた阿波野が、不愉快そうな表情で顔をそむけたことを忘れられない。

仕事の内容より、勤務の楽さに惹《ひ》かれてこの部を選んだように聞こえたのかもしれない。実際、そういう気持ちがあるわけだけど、わざわざ口に出すようなことではなかった。

ただ、阿波野は坂巻と違って優秀だ。時代が変わったことをよく理解している。

この部は坂巻班を除けば、体育会的な体質とは無縁で、新聞社にしてはワークライフバランスも悪くなさそうだ。筆頭デスクの阿波野の尽力があったからと聞いている。

それはともかく、阿波野が坂巻の言い分を呑《の》むとは思えなかった。さらに面倒なことになるような気がする。

そんな千穂の気持ちなど、お構いなしに坂巻は立ち上がった。

「阿波野さん、今、時間ありそうだな。話をしてみよう。お前も来い」

そう言うと、プリントアウトした千穂の原稿を手に、熊のような足取りで、談話スペースに向かった。

坂巻の話を聞き終えると、阿波野は男性のように短く刈り込んだ髪を無造作にかき上げた。喉元までボタンを止めたシャツの襟が窮屈そうだ。

「坂巻さんの話は分かりました」

阿波野は、年下の男性部員も「さん」付けで呼ぶ。キャップの坂巻はともかく、堀のようなトンチキまで「さん」をつける必要はないと思うが、それが彼女の流儀らしい。

「ありがとうございます。じゃあ、こいつの原稿、とりあえず出稿してもらえますか。社会部と揉めたら、俺が話をつけに行きます」

「いえ、デスクワークは、私ではなく高橋さんにやってもらいます」

そう言うと阿波野は、自分の席でパソコンを使っている高橋を呼んだ。

緊張した面持ちでやってきた高橋に、阿波野は言った。

「念のために確認するけど、あなたは社会部の企画のことを聞いていなかったのね？」

「ええ。何も。会議の資料を見直しましたが、予定に入っていませんでした」

「だったら、社会部に簡単に頭を下げないほうがいい」

坂巻が、満面に笑みを浮かべた。

いつものように、「だろ！」と言いたいのを、必死でこらえているようだ。

「ですが……」

「高橋さんは、ここは譲っておいたほうが、後々のためにいいと思った？」

「おっしゃる通りです。企画が終わるまで、似たような内容の原稿は控えてくれというだけの話ですから」

「どうして控える必要があるの？」

「それは……。お互い様じゃないでしょうか。今後、私たちのほうから同じようなことを社会部さんにお願いすることがあるかもしれないし」

高橋の意見に賛成だ。無用な争い事は避けたほうがいいし、仕事は持ちつ持たれつだ。

だが、阿波野は首を横に振った。

「それはない」

きっぱりと言う。

「こっちからお願いしても断られる。部の力関係を考えると、そう。あなたも経験、あるでしょう」

「私が？」

「前に高橋さんが夕刊で担当した連載があったわね。各部で記者を出し合った」

「はい」

「その何回目か忘れたけど、参加したウチの部員の署名が入ってなかった」

高橋が、はっとしたように阿波野を見た。

「あれは……。名前は一つの記事に三人までって局長に言われたんです。年次が一番低いウチの記者に泣いてもらうほかありませんでした。彼女はメモを出しただけで、原稿を書いたわけじゃないですし」

「でも、原稿の半分以上が、彼女の取材メモに基づいて書かれてた。なのに、デスクが他部との摩擦を怖《おそ》れて、はいそうですかって、引き下がったら、記者はやりきれないわね」

高橋は、眉を寄せて顔を伏せた。

阿波野は、坂巻を見た。

「坂巻さんだったら、そういうとき、どうする？」

坂巻は両手を頭の後ろに組みながら考えていたが、やがてうなずいた。

「まずは、貢献度に応じて名前を入れる人間を決めるよう、交渉します」

交渉なんて高度なことが、坂巻にできるはずがない。「俺は気に入らねえ」とわめき散らしてくるのが関の山だろう。

高橋が硬い表情のまま言った。

「それは、私もやりました。三人目を政治部の記者にするか、ウチの記者にするかは微妙だったんです。慣例に従って年次順で決めようと言われてしまったら……」

「そこで分かりましたと言っちゃいかんだろ。屁理屈《へりくつ》なんだから」

　高橋の目が尖る。

「私にはそうは思えませんが」

「屁理屈に決まってるだろ。仮にウチの記者のほうが、年次が上だったとする。そうしたら連中は、原稿を執筆した記者を優先して、メモ出しだけの記者に泣いてもらおう、それが慣例だとか言い出すぞ」

「そんな……」

「もっともらしい理屈をつけて、弱いデスクや部の声を押しつぶすのが、でっかい部の常套《じょうとう》手段だ。屁理屈は力関係で、理屈になる。デスクなら、そのぐらいのこと知っとけ」

　千穂は内心、うなった。

　確かに、そういうことはありそうだ。自分対坂巻のことを考えると、すごくよく分かる。

「それで、坂巻さんだったらどうするの？」

　阿波野が促すと、坂巻は得意げに話し始めた。

「簡単です。署名は絶対に入れなきゃならんもんじゃない。誰の署名も入れさせません。あるいは、企画の最終回に、参加した記者全員の名前をまとめて書く。俺はフェアな人間ですからね。ウチの記者をエコヒイキはしない。その代わり、割も食わせない」

　阿波野がうなずいた。同意するということのようだ。

理不尽大王と鉄の女。一見、真反対に見える二人だが、屁理屈に屈しないという点では、考えが一致しているらしい。

高橋は、しばらく考え込んでいた。顔を上げると、ふっきれた表情を浮かべた。

「分かりました。上原さんの原稿は、私が面倒を見ます」

坂巻が手を叩きながら、けしかける。

「おっ、腹を据えたか。いいね！　社会部と喧嘩してこい。お前、もともと得意なほうだろ」

ボクシングのポーズを取る坂巻を思い切り無視すると、高橋は阿波野に一礼をして腰を上げかけた。

「高橋さん、待って。喧嘩をしろと言ってるわけじゃないから」

阿波野が言い、高橋が首をかしげる。

「上原さんの原稿は、使えるものなら、社会部の企画で使ってもらえばいいわ。メモとして提供したらどう？」

千穂は高橋と思わず顔を見合わせた。

千穂に異存はない。手抜きを痛感しているので、追加取材も歓迎だ。

阿波野は淡々と続けた。

「揉めたときに引いても、相手は恩なんて感じない。そんなことがあったなんて、すぐに忘れてしまう。恩を売るなら、あえて踏み込むほうがいいの。せっかく取材した話をボツにするのも、もったいないしね」

高橋は納得したようにうなずいた。

「そういうことなら、早速、社会部と話してきます。記者がすでに取材してしまった話があるから、使ってもらえないでしょうかって」

「もし、上原さんのメモが記事の柱になるようなことがあれば、そして記者の名前が入るようなら、上原さんの名前も入れてもらうように。無理と言われたら、引き下がるのではなく、メモを撤回すること」

「はい」

坂巻が不満そうに鼻を鳴らし、食い下がった。

「社会部の連中は、我々を舐《な》めてるんですよ。そんな相手に、メモをくれてやるなんて、いかがなものかだ。それより、ガツンと言ってやったほうがよくないですか?」

阿波野は首を横に振った。

「必要ありません。無駄です」

いい気味だとばかりに笑みを浮かべながら、高橋がスカートを翻して立ち上がる。坂巻も腰を上げた。

「待て、高橋。俺も行く。連中に一言言ってやらないと、気がすまねえ」

高橋が露骨に嫌な顔をした。

「止《や》めてくださいよ。坂巻さんが来たらと、話がややこしくなるだけです」

「ひとこと言うだけだ。高橋一人だと、丸め込まれるかもしれないだろ」

「そんなことにはなりません」

高橋はそう言うと、早足で出口へと向かった。坂巻がその後をドタドタと追いかけていく。まるで漫画だ。

阿波野が苦笑いを浮かべながら千穂を見た。

「上原さん、そういうことでいいわね？」

「あ、はい。もちろんです。ありがとうございました」

納得の落としどころに感服した。

「それにしても、あの二人は相性悪いわね。ここまでとは思わなかった」

記者やデスクの担当を決めるのは、部長と筆頭デスクだ。実質的には阿波野が取り仕切ったのだろう。

坂巻についての恨み言は、阿波野に言うべきかもしれないけれど、「鉄の女」にそんなこと言えない。

「でも、高橋さんは、これで一皮むけるでしょ」

「えっ」

阿波野の高橋に対する評価が、意外に厳しいことに驚く。

「家庭優先でこの部に来たのかと思ったら、そうでもないみたいだから、高橋さんには期待してる。お子さんも、もう中学生だっていうじゃない。あと少しで完全に手を離れるでしょう」

女性初の編集幹部を目指してほしいと阿波野は言った。

「女性記者のロールモデルなんでしょ。会社もその役割を彼女に期待している。なのに、会社が想定している終着点がこの部の部長だとしたら、女性記者全員を馬鹿にした話。最低でも局次長ぐらいにはなってもらいたいものだわ」

阿波野には珍しく、熱っぽい口調だった。

「あの、差し出がましいようですが、高橋さんは……」

何が足りないと言うのだろう。

「嫌われる勇気」

阿波野は、あっさりと言った。

「キャップ、デスクになってから、妙に物分かりがよくなった。猫をかぶってるだけならいいけど、人が変わってしまってはね……。今のほうが、周りの評判はいいし、そつなくやってるから、そこそこ出世もするだろうけど、昔を知っている人間からすると、物足りない」

以前、柿沼からも似たような話を聞いたことがある。高橋は若い頃とは、性格も外見もまったく変わってしまったとか。

分からないでもなかった。記者はニュースを取ってくればいいけれど、キャップ、デスクになったら、自分の下についた記者をうまく動かさないと、どうにもならない。だから、周囲に気を遣うようになるのだろう。

それにしても……。坂巻の刺激を受けたら、高橋が昔の自分を取り戻すと阿波野は思っているのだろうか。

だとしたら、阿波野は甘すぎる。坂巻の面倒くささを分かっていない。坂巻なんて、高橋の足を引っ張るだけだ。今もおそらく、社会部と怒鳴り合いを繰り広げ、高橋を困惑させている。たまに鋭かったり、いいことを言ったりするけど、暴言と率直な指摘の区別がつかないトンデモだ。

「ま、あなたも頑張りなさい」

鉄の女は、熱っぽく語ってしまったことを恥じるように、しかめっ面を作った。

5

「はとバス、意外とよかったな」

カクテルグラスを傾けながら山下が言う。

「うん」

新宿駅西口からバスに乗り込み、皇居や国会を車窓から眺めた後、六本木ヒルズの展望台に上った。昼食の後は、隅田川を遊覧船で下り、最後は浅草観音と仲見世の見物。盛りだくさんの内容だ。

日曜日のせいか、バスはほぼ満席で、ツアー客の中には、東京の人も結構いるようだった。

東京在住でも、乗る価値はあったと思う。

二十三区内の移動はたいてい地下鉄だ。街と街との位置関係が、分かっているようで分かっていなかった。バスで巡ったことにより、点が線でつながり、面となった。

それはいいとして、落ち着かない。

ツアーの後、山下が連れていってくれたのは、赤坂の路地にある隠れ家的なイタリアンだった。そして、今は有名ホテルの展望ラウンジにいる。目の前にライトアップされた東京タワーが見えた。

はとバスツアーはともかく、その後は、どこからどう見てもデートである。周りを見回しても、カップルだらけだ。まだ十時前なのに、空気がやけに濃い。

「山下君、最近、仕事はどう？」

無理矢理、仕事の話に持っていく。

「まだ、要領がよく分からなくて」

「それはそうかもね」

見出しをつけたり、記事を割り付けたりする整理部の仕事は、同じ記者でも原稿を出稿する部とはまったく違う。プレッシャーも相当あると思う。千穂の場合、締め切りから輪転機が回り出すまでには、結構間がある。それに対し、整理部や校閲部の締め切りは、文字通りのデッドエンドだ。

しかも、様々な部のデスクと対峙《たいじ》しなければならない。やっかいなデスクでも、毎日のように顔を合わせていれば、かわし方が分かってくるものだが、その間もなく、次から次へと違うデスクと折衝するのは、気が張る仕事だと思う。千穂には、とてもできそうもない。

そう言うと、山下は、小さくため息を吐いた。

「それにしても、なんで俺が整理部なんだろう。希望したわけじゃないのに」

「ローテーションみたいなものでしょ。そのうち、外回りの記者に戻るよ」

「だといいんだけどな。上原はどうなの？　生活情報部は希望して行ったんだっけ」

「そうなんだけど、あてがはずれっぱなし。キャップはトンデモだし、こっちはこっちで苦労してるよ」

「キャップって誰？」

「坂巻さん」

「聞いたことあるな。武勇伝の多い人だろ」

「武勇伝って言えばかっこいいけど、あの人の場合、そういうんじゃないから」

この前、高橋にくっついていった社会部で、演説をぶったらしい。

——どの部も平等だ。横暴は許さない。

正論ではあるが、坂巻に言われると、誰もが鼻白むだろう。本人が横暴そのものなのだから。

「まあ、でもいいじゃないか。自分の原稿が紙面に載らなくなると、寂しいもんだよ。それに、同期がみんな記者としてキャリアを積んでいくのを見ていると、ちょっとな」

千穂は曖昧にうなずいた。

山下は、整理部の仕事が気に入っていないようだ。しかし、現実問題として、二、三年は部を替わることは難しい。山下の焦りも分かる。原稿を書く記者としてやっていくのが希望ならば、下っ端から中堅にさしかかるこの時期、戦線離脱をするのは不安だろう。

ただ、整理部自体は、決して力のない部ではない。それに、客観的に記事を見ることで、記者としてのセンスや見識が磨かれる。急がば回れということわざがあるように、取材記者のキャリアとして、悪くないのではないか。

でも、ここで下手なことを言いたくなかった。

そのとき、千穂の携帯が鳴った。知らない番号だ。親や友だちなら無視するけど、仕事関係かもしれない。

「ごめん、ちょっとはずすね」

小走りで廊下に出たところで、通話ボタンを押した。

「上原さんの携帯でしょうか」

硬い声で男性が言った。

「はい」

「恵比寿の三田村と言いますが、今、電話、よろしいでしょうか」

母の自室で千穂の名刺を見つけて電話をかけたのだと三田村は言った。

「はい、どうぞ」

原稿は結局、社会部の企画に組み込まれることになった。三田村家での取材メモは、明日の夕刊で使われることになっていた。辻本が撮影した写真付きだ。

「さっき本人から聞いたんですが……。うちの母が、あなたの取材を受けたというのは、間違いありませんか？」

「はい。先週、お宅に伺いました」

何かまずいことがあるのだろうか。

「まだ決定ではありませんが、近々掲載される予定です」

「あの、申し訳ないんですが、取り下げていただけませんか」

「えっ、それは……」

心臓がバクバクし始めた。

できないことはないけれど、まずい。すでに原稿は記事の形に組まれて見出しと写真もつき、局次長にもチェックしてもらっているはずだ。

「記事のほうは?」

「どういう理由でしょうか」

「家族の恥をさらすようですが」

母親のカナは、妻に対していい感情を持っていないのだと三田村は言った。

「妻も一生懸命やっています。もちろん、私もできる限りのことはしています。なのに、料理がまずいだのなんだの言うものだから、妻が精神的に参ってしまって」

妻は三田村と年が離れており、まだ二十八歳なのだという。千穂と同い年だ。

それでは、サバの煮付けは作れないだろう。千穂も作れない。

「母は、自分が義両親の介護で苦労したものだから妻が昼間、外で仕事をしていることが許せないようです。妻はネイリストをやっているんですが、そんなの遊びだろうって。それで、当てつけのようにあのヘルパーを家に入れるようになって……。それで、母が満足してくれるならいいんですが、ヘルパーの女性と妻を比較して、妻に嫌みを言うんです」

　さっきもそうだったと三田村は言った。

「近々、自分とヘルパーが新聞に出るから、あなたがいかにダメな嫁か、よく分かるだろう、近所の人たちに新聞を見せるのが楽しみだって」

「そんな……」

　カナがそんなきつい性格の人だったとは、思ってもみなかった。だが、三田村が嘘を吐《つ》く理由もないだろう。

　酔いが、すっかり冷め果てた。

　事情は理解したが、この段階で原稿を取り下げるのは難しいように思われた。理由が、家族が嫌がっているでは……。

　取材を受けた本人は掲載を望んでいるのに、何が悪いとデスクに言われたら、反論できない。

「取材を受けたのは母です。だから、こっちからこんなことを頼むのはおかしいと分かっています。でも、なんとかお願いできないでしょうか」

　三田村は常識人だ。しかも、恥を忍んで頭を下げている。彼の頼みをむげに断ることはできない。

「お母様の名前は出ていないので、記事だけでは、書かれているのがお母様のことだとは誰も分かりません。ただ、写真がありまして」

「母の顔が新聞に出るんですか！　それだけは勘弁してもらえないでしょうか」

悲痛な声で三田村が言う。

「なんとか、努力してみます」

そう言うのが精一杯だった。

電話を切ると、高橋の携帯電話にかけてみた。留守番電話になっていた。メッセージを残す。

明日では、おそらく間に合わない。取り下げ交渉をするなら今晩中だ。

生活情報部にかけてみることにする。今日も、デスクが一人、詰めているはずだ。相談に乗ってもらおう。

電話をかけると、すぐに相手が出た。

「生活情報部」

その声に、ぎょっとする。

「坂巻さんですか？」

「おう。上原か。今夜、BSでなかなか面白そうな特集があってな。ウチはBSを入れてないから、ちょっくら見に来たんだ。なのに、くだらねえ内容だった。くたびれ損だ。それより、どうした」

坂巻になど相談したら、話がややこしくなる。そう思いつつも、事情を話した。

「息子が文句言ってきたのか。ただなあ。本人の了解を取ってるわけだろ。掲載が明後日だったら、交渉のしようもあるが、今から内容をガッツリ差し替えるのは、厳しいんじゃないか。写真も使ってるわけだし」

やっぱり……。

「ま、ともかく会社に来い。社会部と話だけはしてやる」

面倒なことにならなければいいがと思いながら、電話を切った。

「上原」

いつの間にか、山下がそばに立っていた。

「ごめん。ちょっとトラブルが……。これから会社に行かなきゃならなくて」

「そうだと思った。ここで解散にしよう。俺はもう一杯飲んで帰るから、先に行って」

「うん。今日はありがとう。楽しかった。ごちそうさま」

それだけ言うと、千穂はエレベーターに向かって駆け出した。

会社に着くと、坂巻が待ち構えていたように立ち上がった。

「さっきの話な。一つ確認だが、お前はどうしたいんだ。メモを取り下げたいのか、そうじゃないのか」

少し考えてから、取り下げたいと言った。

「その理由は?」

「三田村さんが、わざわざ電話をかけてきて、嘘を吐く理由はないと思うので、程度問題はあるにせよ、三田村さんのお母さんと奥さんは仲が悪いんでしょう」

関係を悪化させるようなことをしたくなかった。

「私は、あのお宅の一面を自分に都合良く切り取ってしまいました。そうやって原稿を作るのは、許されないと思います」

「分かった。ただ、取り下げるとなるとお前は無傷というわけにはいかないぞ。そこは覚悟しておけ」

社会部に激怒されるということだろうか。三田村の悲痛な声を聞いてしまった以上、そうなったとしても、記事が出るよりがマシだ。この際、しようがない。罵声《ばせい》でもなんでも浴びよう。

「分かりました」と言うと、坂巻は重々しくうなずいた。

「じゃあ、話を進めよう。原稿を見たが、お前のメモは二つ使われてるんだな」

「はい」

料理教室と、三田村家のヘルパーの話の両方が原稿に盛り込まれた。

「料理教室のほうの写真は?」

「あります。写真部ではなく、私が撮ったものですが」

「見せてみろ」

パソコンにデータを移してあったので、パソコンを立ち上げ、坂巻に写真を見せる。

何枚かの写真を見ると、坂巻は一枚を選び出した。

「これが一番マシだな。出稿しておけ」

「社会部に言って、写真を差し替えてもらうんですか？」

それだけでもありがたい。満面の笑みのカナがヘルパーが写っている写真など、三田村の妻は見たくないだろう。

だが、坂巻はメモも取り下げると言った。

「小手先でごまかそうとするより、ガッツリ削ったほうがいい。エピソードは十分入ってる。一つ削っても、原稿は十分成立する」

社会部はそう考えないかもしれない。でも、ここは坂巻に任せるほかなかった。

写真をパソコンから出稿する。

「送ったか？　じゃあ、行くぞ。さっき確認したら、運がいいことに企画の担当デスクが出社してた」

殴り込みにでも行くように、坂巻は手のひらに拳をぶつけ、気合いを入れた。

社会部は一つ下の階にある。久しぶりに訪れるその場所は、日曜だというのに記者の姿が何人もあった。

今日は、何か事件があったのだろうか。

そうしたことに疎くなっている自分を少し恥じる。

坂巻は、奥にあるソファへとずかずかと進んだ。

「ちょっといいですか。生活情報部ですが、明日の原稿のことで話を」

ソファで寝そべりながら新聞を読んでいた今井《いまい》デスクが、もしゃもしゃとした頭を掻《か》きながら身体を起こした。

「坂巻か。お前、まだ何か文句があるのか？　上原のメモは二つとも使ったぞ。しかも、写真まで。企画の最後に、参加した全員の名前が入る。そこに、生活情報部上原千穂と書く。異例だけど、そうした。それで十分だろ」

「それはいいんですが……。実はこのバカが出したメモの一つに重大な問題が発覚しまして」

いきなり坂巻にこづかれた。

「どういうことだ」

坂巻は、記事の形に組んである原稿を今井に差し出した。

「この写真に写ってるヘルパーが、胡散臭《うさんくさ》いという話を小耳に挟んだんです」

「胡散臭い？　俺も一応、ネットで検索してみたが、問題はなさそうに思えたぞ」

「今井さんも、ホームページを見ましたか。だったら、話が早い。この女の経歴の部分、読みましたか。アトピー性皮膚炎だったとか書いてあったでしょう」

「ああ、義母の介護で身体にいい食事を作っていたら、自然に治ったとか」

「問題はそこです。あの女、食事療法でアトピーは治る。薬なんて使うとかえって悪くなる、医者の金儲けのために殺されるなんてバカバカしいと患者に吹聴して回ってる可能性があります。確かに、食事で体質が改善する人はいるでしょう。ただ、薬を使うな、医者にかかるなというのは極論です。それで悪くなる患者だっているんだ。そういうわけで、彼女、近々、患者団体や専門医から訴えられるかもしれない」

千穂は思わず坂巻の顔を見た。

赤坂から会社にタクシーで駆けつけるまでに、二十分もかかっていないのに、どうやってそんなことを調べたのだろう。

でも、もしその噂が本当ならば、記事をこのまま出したら、大変なことになる。

今井の顔色も変わっていた。

「誰がそんなことを言ってるんだ」

「介護業界にいる俺の知人です。同業者だから、その噂が本当かどうかは、分かりません。ただのやっかみかもしれない。彼女の会社は今、絶好調のようですからね。そうは言っても、噂の真偽を確かめずに、このまま記事を出すのは危険です。このバカがよく確認せずにメモを出したからこんなことになって、本当に申し訳ないんですが」

もう一度、こづかれた。

恥ずかしさでいっぱいだった。自分はやっぱり取材が甘い。

今井は難しい表情を浮かべながら、腕を組んだ。

「この期《ご》に及んですみませんが、そのヘルパーの部分を削ってもらえないでしょうか」

坂巻が頭を下げる。

「そうするほかないだろうな。ボツにしたウチの記者のメモに差し替える」

「写真は、料理教室のものがあります。さっき、送っておきましたので、使えるようだったらそれを使ってください。このバカが撮ったものですが、悪くないと思います」

「分かった」

「本当に申し訳ありませんでした」

千穂は頭を下げた。

「まったくだな。取材が甘いぞ。でも、今日言ってもらって助かった。明日になってから言われたら、こっちも部長や局次長に大目玉を食らってたところだ。坂巻もご苦労だった」

今井はそう言うと、原稿を手直しして今夜中に送るから、見ておけと言った。

「料理教室のところな。上原のメモに栄養士のコメントがあっただろ。あれを使って原稿を水増しするから、確認しておいてくれ」

生活情報部の一画に戻ると、千穂は改めて坂巻に頭を下げた。

「どうもすみませんでした。私の取材が甘かったばかりに……」

坂巻は、冷蔵庫からビールを二本取り出した。一本を千穂によこしながら、奇妙な表情を浮かべる。

「お前、何言ってんの」

笑いをこらえているらしい。

「いや、だから私の取材が甘くて。間宮さんにそんな噂があるなんて、まったく知りませんでした」

「俺だってそうだ」

「えっ」

缶ビールを開け、美味そうに飲むと、坂巻は笑った。

「お前、本当にバカだな。あんな噂、出任せに決まってるだろ」

あまりのことに言葉を失う。

「家族が嫌がっているから、取り下げたいなんて言っても、取り合ってくれない。こっちに非があるわけだから、強引にねじ込むわけにもいかない。まともに喧嘩するには、分が悪いってことだな。俺だって、そのへんはわきまえてる」

だから別の理由をでっち上げたということか。そのことを除けば、坂巻の態度も対応も完璧だった。

いったい、どういう人間なのだ。粗暴なだけではない。悪知恵も働く。そして、ピンチを救ってもらったのは、事実だ。ありがたいと言えば、その通りだ。

でも、そういうやり方が、許されるものなのか。嘘も方便とは言うけれど、度が過ぎている。

「まあ、しかし、俺が言ったことは、当たらずとも遠からずってかんじがするな。インチキな民間療法が最近、多すぎる。人の不安につけ込むなんて、気に入らねえな」

「はあ……」

どっと疲れが出た。ビールを開けて一口飲む。

結果オーライとなったものの、これでよかったのかは分からない。

複雑な気分の千穂をよそに、坂巻は上機嫌で続けた。

「そうだ。お前、今度、似非《えせ》医学を取材してみろよ。いろいろあるぞ。俺が取材してもいいな。いい加減なことを言う人間を片っ端から吊《つる》し上げたら、気持ちいいぞ」

携帯に着信があった。高橋からだった。

「上原さん？　連絡遅くなってごめーん。母と息子と三人でご飯食べに行ってたの。何かあった？」

「あ、はい、その……」

坂巻のほうを見る。どこまで話せばいいのだろう。

「高橋か？」

坂巻に聞かれたのでうなずく。

「替われ」

坂巻は千穂の手から携帯を奪い取ると、話し始めた。

社会部の今井に説明したことを繰り返している。この件は、二人だけの秘密ということか。

坂巻に言われた通り、無傷ではすまなかった。取材が甘いと高橋にも怒られるだろう。

でも、これでよかったのだ。

自分にそう言い聞かせると、千穂はビールをあおった。

第2章　女の敵は女

1

午後四時から始まった緊急部会は、一時間を超えていた。

片仮名のロの字型に配置された長テーブルのお誕生日席には、下村部長。手元の資料を見ながら、くどくどと説明を続けている。

下村の隣に座っている筆頭デスクの阿波野朝子は、唇をへの字に結んで目を閉じていた。もしかしたら、寝ているのかもしれない。

テーブルを囲む三十人ほどの部員の大半は、下村の話をまともに聞いていない。膝に視線を落としたままの堀は、たぶんスマホをいじっている。高橋デスクなど、テーブルに大刷りを広げて赤を入れていた。それでも出席しているだけマシなほうで、あと二十人ほどいる部員は、多忙を理由に欠席だ。

キョロキョロしているのが、バレたのだろうか。隣で咳払《せきばら》いの音がした。背筋を伸ばしながら、横目で坂巻を盗み見る。

坂巻は、ノートにメモを取りながら、下村の言葉に耳を傾けていた。

相変わらず、謎だ。なぜ、こんな話に興味を持てるのか。

下村の話を要約すると、この会社の執行役員で経営企画室長の三山《みやま》とかいう男が、業務上横領をやらかした。内々に処理を進めていたところ、週刊東西に詳細をすっぱ抜かれ、遅ればせながら、告発に踏み切ることにしたらしい。

三山という執行役員のことを千穂は知らない。名前すら聞いたことがなかった。アホなおっさんが、迷惑なことをしてくれたという感想しか浮かんでこない。

週刊誌の記事をざっと読んだところ、三山は四年間に、およそ三千万円を経理から引き出したそうだ。コツコツと領収書の偽造を続けたところ、いつの間にかそんな額に達していたらしく、本人も仰天したとか。

金の大半は、銀座のスナックのママに貢いだそうだ。本人は、大人の恋のつもりだったようだが、その女は、芸能プロダクション社長の愛人で、三山は金づるの一人にすぎなかった。横領と不倫は家族にもバレ、妻は実家に帰ってしまい離婚必至の情勢だという。三山は懲戒免職にしたうえで、損害賠償を請求。不正を見抜けなかった経理部長は、三カ月の減給処分とするそうだ。

横領の手口のみみっちさのせいか、怒りよりも情けなさを覚える。四年間も不正を見抜けなかった経理も間抜けだ。

ただ、この手の不祥事は、規模の大小こそあれ、たまに起きる。「新聞は社会の木鐸《ぼくたく》」などと気取ってみたって、新聞社は生身の人間の集まりだ。

「というわけで、会社は適切に処理を進めていく。皆は、雑音に惑わされず、坦々と仕事をしてください。なお、取材対応は広報室が行う。個別取材には応じないように。ネットに書き込んだりするは、もってのほかだ」

不祥事を起こした会社や官庁の近くに待機し、出勤してくる社員のコメントを取る仕事をしたことがない記者は少ないだろう。下村だって若い頃はやったはずだ。なのに、自社の不祥事となると、箝口令《かんこうれい》を敷く。ダブルスタンダードも、ここまで露骨だと、むしろすがすがしい。

「こちらからは、以上」

下村部長が言うと、阿波野が目を開けた。

「最後に私から一つ」

そう言いながら、出産・育児を担当している矢作来海《やはぎくみ》のほうを見た。

「皆さんご存じのように、矢作さんが、来週の水曜日から産休に入ります」

産休期間は来年三月まで。その後、この部に復帰する予定らしい。

矢作は、頬を少し上気させながら立ち上がった。いつの間にか、お腹《なか》がかなり大きくなっており、椅子から腰を上げるだけでも大変そうだ。

「出産・育児担当記者として、子どもを産んでパワーアップして戻ってきますので、よろしくお願いします」

晴れやかな顔でそう言いながら、頭を下げる。

「大事にな」

デスクの一人が、勇気づけるように言い、千穂もうなずいた。

矢作は千穂より八つ年上の三十六歳。長い髪をハーフアップにしており、清楚《せいそ》な雰囲気だ。

夫は、大手電機メーカーの研究職。双方の実家は二十三区内にあり、どちらからも車で二十分の距離にあるマンションを昨年、ローンで購入したという。

どうしたら、そんなふうに人生が順調に進むのか、教えてもらいたい。

それはともかく、先輩記者の出産は、後に続きたい人間として、ありがたいことだ。

矢作こそ、目標にすべき先輩かもしれなかった。

高橋は図抜けて優秀なうえ、腹に一物ありそうだ。平凡を絵に描いたようで、策略が苦手な自分には、参考にならないことが分かってきた。

「矢作さんが休んでいる間のカバーは、基本的に半藤《ばんどう》さんにお願いする方向で調整しています」

矢作の隣に座っていた半藤ユリ子が、了解しているというように、軽く頭を下げた。

当たり前のように土日出社し、大量の原稿を書くことから「鉄腕半藤」とか、「ブラック企業」と呼ばれている半藤は、ほぼ毎日同じようなスーツを着ている。化粧をまったくしないせいか、顔色がよくないし、若白髪が目立つ短い髪はパサついている。正直、半藤のようにはなりたくない。女を捨ててまで、仕事をする意味なんて自分にはないと思う。

ただ、仕事ができるうえ、穏やかな性格のせいか、半藤のことを悪く言う人はいなかった。同期の柿沼も、半藤のことが気に入っているらしく、よく二人で談笑している。切れ者でお洒落《しゃれ》な柿沼と、のんびりしていて服装に無頓着な半藤は、水と油に思えるが不思議と気が合うらしい。

「年初から始まった一面の大型企画にこの部から矢作さんが参加していますが、半藤さんに交代します。他の仕事については、半藤さん一人では厳しいかもしれないので、我こそは、という人がいれば、私に知らせてください。では、終わりにしましょう」

阿波野が言い、部員たちは一斉に椅子を引いた。

部会の後、席に戻ると坂巻がグループ会をやりたいと言い出した。

「打ち合わせ用のブースに行ってろ。高橋も呼んでくる」

何が始まるのだろうと思いながら、部屋の奥にあるブースへ行く。そこはついたてに囲まれており、安っぽいビニールクロスのソファが、ローテーブルを挟んで二つ並べてあった。

片方のソファに柿沼、堀と三人で並んで待っていると、坂巻が仏頂面の高橋を伴ってやってきた。

坂巻は腰を下ろすなり言った。

「さっきの阿波野さんの話だけどな。矢作のカバーに我が班で名乗りを挙げようと思ってよ」

「私は反対です」

高橋が固い表情で言う。

「この班は、ニュースを出すのがミッションなんですよ。余計な仕事を抱え込む余裕はありません。ただでさえ、最近、ニュース原稿が少ないし」

皮肉っぽく言われ、身を縮める。一応、ニュース原稿を一本出している。でも、正直、たいした話ではなかった。

「それはそれとして、まあ聞けよ」

坂巻は、この部の出産・育児関係の記事のスタンスが気に入らないのだと言った。

「他人の仕事に口を挟むわけにもいかねえから黙ってたんだ。担当の矢作が産休取るなら、スタンスを是正するチャンスだろ」

「気に入らないって、具体的にどういうところがですか？」

柿沼が尋ねた。

「まずは筆者だ」

矢作は、保育園の待機児童の問題などをそつなく書いていたと思うが……。

「意味が分かりません」

うんざりしたように高橋が言うと、「偏り過ぎだ」と坂巻は言った。

「あいつの記事はいつだって、女は大変なんだ、女は弱者なんだって、そればかりじゃねえか。担当デスクの阿波野さんが、女性の権利について一家言ある人間だから、そういう方向に話を持っていきたがるのかもしれんが、子育て経験者の俺に言わせりゃ、男も大変なんだぞ」

「坂巻さん、子育てなんかしてたんですか？　奥さんに丸投げかと思ってました」

堀が驚いたように言い、坂巻が顔をしかめた。

「そんなわけねえだろ。男親にも苦労があるんだ。そういう話をきちんと書くべきだろう」

高橋がうなずく。

「それはまあ、そうですけど……」

「ウチは俺もカミさんも地方出身だし、俺は大阪本社を経て一人支局に二つ行った。カミさんは専業主婦だけど、子どもが病気のときに、近くに親類縁者がまったくいないのは不安なものだぞ。そのうえ、俺は常に多忙な身だ。一人支局だと、交代要員がいないから、そうそう休めない。矢作んちより、俺んちのほうがよっぽど大変じゃんかよ。国なり、会社なりが俺を支援してくれたら、子どもなんぞ、あと二人でも三人でも作って、少子化対策に貢献してやるのによ」

高橋がこめかみを揉《も》んだ。

「坂巻さん、そういう個人的な話を持ち出されても……」

「プライベートを仕事に持ち込もうとしてるのは、矢作だろ？　産休明けに、自分の体験談を書くとか言ってるらしいじゃないか。ここは新聞社だ。ママタレントごっこをチャラチャラやる場じゃねえ。あいつが復帰したら、社会部の警察担当にでも回して、性根を叩《たた》き直すべきだ」

そのとき、スマホをいじっていた堀が口を挟んだ。

「あのー。坂巻さんは、ワーキングマザーが気に入らないだけなんじゃないですか？　そういう時代じゃないと思うんすけどねー。子どもがいる女性が快適に働ける会社が、ホワイト企業の絶対条件ですよ」

「きょうび、安直な妊婦批判はマタハラって言われますよ。マタニティハラスメント」

柿沼もうなずく。

坂巻が目をむいた。

「マタハラだ？　そんなわけねえだろうよ。ハラスメントってのは、弱い者イジメのことだろ。俺は、弱者は全力で応援するが、矢作は弱者じゃない。旦那は有給取り放題の大会社のエリートで、子育ては双方の親に手伝ってもらえるなんて、完全な強者じゃねえか。女だからってだけで、ああいうのに弱者ヅラされると、むかつくんだよ」

個人的な嫉妬なのか？　まったくもって、坂巻の言うことはよく分からない。

「柿沼んちも、奥さんは専業だろ？　矢作ごときに働く女性が正義ですって面をされて、イラっとこないか？　専業主婦だって、立派な職業じゃねえか」

「それはそう思いますよ。でも、働く女性のことも考えないと。っていうか、そういう発言もセクハラって言われてしまうかもしれません」

「ふん、いい子ぶりやがって。上原はどうだ。ムカつくだろ？」

「あの……。私は、先輩女性を応援したいと思ってますけど」

坂巻が鼻白んだ。

「ま、綺麗事《きれいごと》言うと、そうなるよな。でも、お前は矢作みたいにはなれねえ。俺と同じく、親の助けは望めないからな。子ども抱えてこの会社で働くのは、すっげー大変だと思うぞ。よっぽど暇な旦那を見つけないとな」

それはその通りだった。あまり考えないようにしてきたけど、この会社の中で、出産している女性で、実家あるいは婚家の助けをまったく借りていない人は珍しい。

矢作も自分にとって手が届かない目標なのではないだろうか。でも、実家が地方にあることは、自分の力ではどうにもできない。

「ショックだって顔してるな。でも、だからこそ、お前のほうが、矢作より適任だ。恵まれた環境にいる我が部のエリート女性たちより、普通の働く女性やシングルマザーの苦労が上原なら多少は分かる」

高橋がため息を吐《つ》いた。

「私もダメだって言いたいわけですか……。それなりに気を遣いましたけどね」

坂巻は首を横に振った。

「高橋は、女じゃねえじゃんよ。スカート穿《は》いてるから女に見えるだけだ」

「は？」

ワケが分からないというように、高橋が首を横に振る。そのとき、柿沼が口を開いた。

「あの……。ウチのグループとしてやるかどうかはともかく、半藤さんの負担が大きすぎやしませんか？　彼女の仕事量って、今でも突出していると思うんですが」

それは、確かにそうだった。何故《なぜ》、よりによって「ブラック企業」の半藤にカバーを頼むのだろうとは、千穂も思う。

阿波野も、最初は別の女性記者に頼もうとしたのだと高橋は言った。

「女性に寄り添う気持ちで書いてほしいから、あの担当は女性に振るっていうのが、阿波野さんの方針なの」

「そもそも、それがおかしくないか？　男親のことを忘れてもらっちゃ困る」

坂巻が言うのを無視して、高橋は続けた。

「この部は子持ちの女性記者が多いから、他人の仕事まで引き受ける余裕はないのよ」

だから、独身で鉄腕の異名を取る半藤に白羽の矢が立ったということか。

「それって、独身者差別じゃないっすか？　僕が半藤さんだったら、断ります」

堀が言うと、坂巻が笑った。

「お前、さっき子どもがいる女性が快適に働ける会社がホワイト企業だと言ってたじゃないか。人を増やせないなら、誰かが、負担を引き受けなきゃならん。それが他人だったら賛成で、自分だったら反対っておかしくないか？　そもそも誰もお前になんか頼まねえけどよ」

それには同意だ。でも、やっぱり、何故半藤にと思う。

高橋は肩をすくめた。

「本人が、できます、やりますって言ったらしいから、いいんじゃないの？　半藤さんがやってくれるなら、デスクとしては、ありがたいしね。誰かさんと違って、しっかりした原稿が締め切り通りに出てくるから」

高橋はそう言うと、さっきの話には反対だと改めて言った。

「どうしてもと言うなら、坂巻さんが自分の責任で、個人的にやってくださいな。それなら、私は何も言うつもりはありません。じゃ、そういうことで。私はまだ仕事がありますので」

そう言い捨てると、高橋は立ち上がった。颯爽《さっそう》とスカートを翻しながら、デスク席へと戻っていく。

その後ろ姿を見送りながら、坂巻が吐き捨てた。

「あいつは、分かってねえな。まあ、いい。俺は俺の信念に従ってやる。というわけで、解散だ」

最悪な雰囲気だ。でも、火の粉がまともに降りかからなかっただけで、よしとしよう。

柿沼と堀も、やれやれと言いたげな表情で腰を上げた。

2

「上原さん、社会面の原稿、チェックした？　社会部にOK出すわよ」

　高橋がデスク席から声をかけてくる。

「はい、大丈夫です」

　そう言うと、高橋は整理部に電話をかけ始めた。

　机に突っ伏し、目を閉じる。今日は長かった。

　原稿が急遽《きゆうきよ》使われることになったのだ。出稿した後、長い間、使ってもらえなかったから、やきもきしていた。

　決着がついたのは嬉《うれ》しいのだが、扱いは社会面のベタ。あんなに労力をかけたのに、成果がこれでは切ない。

　例のカリスマヘルパー、間宮鈴子の記事だった。

　坂巻に言われて取材をしてみたところ、彼女はケアマネジャーどころか、ホームヘルパーの資格すら持っていないことが判明したのだ。

　彼女の会社が提供している調理サービスは、介護保険制度の枠内ではない。このため、無資格業務には当たらないが、自身がケアマネジャーの資格を有する介護のプロであることを強調して、顧客を集めていた。そうなると、経歴詐称だ。

坂巻は、「俺の勘は当たるんだよ」と言いながら、盛り上げて原稿を書けと命じたが、間宮の知名度はそれほど高くない。扱いは、この程度で妥当だと千穂も思う。

その坂巻は、取材が遅くまでかかるから、直帰すると連絡があった。昨日、グループ会の後、阿波野のところに行って、話をしていた。腕をぐるぐる回しながら戻ってきて、「俺はやるぞ」と張り切っていたので、早速、育児の取材を始めたのだろう。

柿沼も堀も、すでに引き上げていた。今日は金曜日。どこかに飲みに行ったのかもしれない。

明日の土曜は、仕事の予定がなかった。千穂も、どこかで飲み食いして帰りたい気分だったが、金曜日の夜に一人で店に入るのは、寂しい人みたいで、なんとなく嫌だ。

ふと、同期の山下の顔を思い浮かべた。

赤坂のホテルのバーの前で別れて以来、一度メールをしただけだが、彼なら、誘えば付き合ってくれるかもしれない。

早速、メールを打ってみた。しばらく待っても、返信はなかった。忙しいのか、それとも誰かと飲みに行ってしまったのか。

諦めて、社員食堂で食べて帰ることにした。塩ラーメンだけは、なかなか美味《おい》しいことが最近判明したのだ。化学調味料をたっぷり使っていそうだが、美味しいのが一番だ。

食堂もがら空きだった。食券を買ってカウンターに向かうと、先客が一人いた。半藤だ。今日もいつもと同じねずみ色のスーツを着ている。

半藤はカウンターに手をついて、注文した料理が運ばれてくるのを待っていた。声をかけようとしたが、疲れているのか、顔色が冴《さ》えなかった。

「かけうどん、お待たせ！」

食堂のおじさんが、威勢のいい声とともに、湯気の立つ丼をカウンターに載せた。それが合図だったかのごとく、半藤の身体がまるでスローモーションの映画でも見ているように、ゆっくりとその場に崩れ落ちた。

「半藤さん！」

トレーをカウンターに置いて駆け寄る。傍らにしゃがみ込むと、半藤は苦しそうに眉を寄せていた。意識はあるようだが、声をかけても反応はない。顔が紙のように白い。

テーブルで食事をしていた二人の男性が、駆けつけてきた。

「ブラック企業・半藤じゃないか。医務室はもう閉まってるから、救急車を呼んだほうがいいな」

一人がそう言いながら、携帯電話を取り出した。

「君、生活情報部の記者？」

もう一人が言う。

「はい、そうです」

「部長にも、電話をしたほうがいい。そして、家族にも連絡を取ってもらって」

「分かりました」

他の部署の人間にも、ブラック企業という異名が伝わっているほど、半藤は働いていたのか。

過労死という言葉が頭を過《よ》ぎった。

ベッドに横たわる半藤の姿は、弱々しかった。

「ともかく、大事にならなくてよかった」

下村部長が汗を拭きながら言った。

「ご迷惑をおかけしてすみません」

半藤が言う。

「とんでもない。こっちこそ、配慮が足りなくて申し訳なかった」

下村は何度も頭を下げた。

過労による貧血というのが、医師の見立てだった。心臓に異常はなかったそうだが、念のため一週間ほど入院し、徹底して検査を行うという。

付き添いとして救急車に乗って病院まで来たときには、どうなることかと思ったが、ひとまず安心だ。

「上原さんも、ごめんねー。びっくりしたでしょう」

「でも、ともかく無事でよかったです」

「うん。病気なんかしたことないから、ちょっと油断してたなー。でも、もう大丈夫です。お二人とも、もう遅いから引き上げてください」

下村がうなずいた。

「そうだな。長居したら、かえって迷惑だ」

下村に促され、病室を出た。

エレベーターへ向かっていると、阿波野がやってくるのが見えた。

「半藤さんは？」

「過労による貧血だそうだ。命に別状はないし、ようやく落ち着いたところだから、見舞いは明日にしたほうがいい」

阿波野はうなずくと、唇を噛《か》んだ。

「半藤さんが、こんなことになるなんて……」

下村が眉を上げた。

「記者の労働時間の管理は、君の仕事じゃないか。いったい、どういう働かせ方をしていたんだ」

怒りのこもった目で、阿波野を見る。事なかれ主義の下村がこんな強い態度に出るのを見るのは、初めてだった。阿波野にも、いつもの落ち着きはなかった。

「申し訳ありません。本人が大丈夫、やらせてくださいと言うもので……」

そう言って、頭を下げる。

「整理部長と飲んでたら、上原から電話がかかってきて、驚いたよ。半藤は、ブラック企業って呼ばれてるんだって？　彼女が原稿を他の記者よりたくさん書いてることは僕も知ってる。出勤状況は、他の記者とたいして変わらないようだから、要領がいいんだろうと思っていたが、そうではなかったんだな」

部員の休日が少なすぎると、部長は管理部から責任を追及される。だから、部員の勤務時間については、目を光らせていたのだと下村は言った。

出勤状況は記者が自己申告する。直行直帰が多いから、タイムカードなどで出勤、退勤の時間を機械的に記録することができないのだ。半藤は自分の勤務時間を実際より大幅に短く申告していたのだろう。

「君は彼女の勤務状況について知ってたんじゃないか？」

「それは……。申し訳ありませんでした」

阿波野は再度、頭を下げた。

「そもそも、なんで矢作のカバーが半藤なんだ。まったく理解できない。昨日だって、坂巻が自分がカバーすると言ってきたのに、あまり乗り気じゃなかったじゃないか。ともかく、明日、半藤の親御さんに合わせる顔がないよ。まったく、とんだ災難だ」

下村はそう言うと、一人でエレベーターへ向かった。

さすがに応《こた》えているようだ。阿波野は、肩を落としてため息を吐《つ》くと、千穂を見た。

「上原さんも、お疲れさまでした。申し訳なかったわね」

「あ、いや、私はいいんですけど……」

そのとき、エレベーターの扉が開いた。下村が戻ってきたのかと思ったが、違った。木《き》内《うち》という女性記者だ。自宅から駆けつけてきたのか、ジーンズ姿だった。

「阿波野さん、半藤さんは？」

「過労による貧血だそうです。お見舞いは、明日にしたほうがいいようです」

「よかった！」

木内は、両手で胸を抱えるようにした。

「半藤さんに、負担がかかりすぎてることは、分かってました。本人は平気平気って笑ってるけど、実際にはキツイんじゃないかなって。なのに、先週の日曜もシンポジウムの取材で代打をお願いしちゃったから……」

子どもの運動会なのに、行けそうもないと嘆いていたら、半藤が代打を申し出てくれたのだという。

「子どもも喜ぶだろうと思って、替わってもらったんですけど、やっぱり私が行くべきでした」

半藤に一言、謝りたくて飛んできたのだと木内は言った。

「私を含めて、みんなが半藤さんに甘えすぎなんです。鉄腕だし人柄がいいから、つい頼んでしまうけど、半藤さんにばかりしわ寄せが行くのは、不公平です」

木内は、はっきりと言った。阿波野を批判しているのだと感じた。

鉄の女は、すでに無表情だった。思うところはいろいろとあるのだろうが、それを口にする気はないらしい。

木内の言うことはもっともだと思うけれど、一つ疑問があった。

なぜ半藤は、断らないのだろう。木内のケースに至っては、自分から代打を申し出たという。

いくらお人好しでも、他人の仕事まで抱え込み、その挙げ句、倒れるなんて、行きすぎだ。

「もう遅いわ。帰りましょう」

阿波野は静かに言うと、エレベーターへ向かった。

3

月曜、取材を一件終えて昼過ぎに会社に行くと、坂巻に声をかけられた。

「半藤の替わりに俺とお前で矢作のカバーすることになったから」

午前のデスク・キャップ会でそう決まったのだそうだ。

「矢作は明日までだから、今日、明日中に引き継ぎを受けておけ。高橋も立ち会うそうだから、時間を合わせてな」

一面企画は、部長が他の部に頭を下げて、矢作の交代要員を出すことを免除してもらったらしい。矢作がこの部で担当していた仕事は、坂巻に差配が任されたのだと言った。そこで、千穂がパートナーとして指名されたようだ。

「私が、ですか……」

そう言うと、坂巻の目が光った。

「お前、まさか断るつもりじゃねえだろうな」

すごまれて、縮み上がる。

「どのキャップも自分のところの記者は手一杯だって尻込みするもんだから、さすがに矢作が気の毒になって、俺が引き受けたんだ。どいつもこいつも綺麗事言うくせに、いざ自分の負担が増えるとなると難色を示す。俺はフェアな人間だからな。矢作みたいな女には、虫酸が走る。ママタレントまがいの原稿は認めねえ。でも、産休を気持ちよく取るのは矢作の権利だろ。それは尊重するべきだ」

　理不尽なのか、正義漢なのか。坂巻の思考回路はよく分からない。

　でも、後任の引き継ぎもないまま、矢作が産休に入るのは気の毒だとは、千穂も思う。

「分かりました。やります。坂巻さんも、一緒に引き継ぎ、聞きますか？」

「いらねえよ。何度も言うが、あいつの原稿はくだらねえ。世界が矢作中心に回ってるわけねえのに、そういう原稿書いても意味ねえじゃんよ。同じ自己中でも、堀は面白い。自分の強みを生かし切れてないところが問題だけどな」

　隣の席で堀がぴくっと身体を動かした。椅子を回して坂巻を振り返る。

「どういう意味ですか？」

「堀の最大の長所は、空気を読めないことだ。だから周りには自己中に映る」

「勘弁してくださいよ」

　口を尖《とが》らせる堀に向かって、坂巻は言った。

「バーカ。続きを聞けよ。堀の着眼点自体は悪くない。お前がいた埼玉支局長は、俺の同期だ。この前、電話でしゃべって、お前の武勇伝を聞いて、そう思った」

「何を聞いたんですか？」

「お前、警察担当のくせに、皆既月食イベントの取材をしてたんだってな?」

「あれですか……。ずいぶん、支局長に怒られました。放任主義の人なのに、びっくりしました。原稿も使われなかったし」

「使うべきだったと俺は思うけどな。でも、それでめげて、空気を読む努力を始めた堀は、バカだ。小心者のくせにプライドが高いから、空気を読みたくなるんだろうな。読めないものは読めないいんだから、開き直りゃいいものを」

堀がむっとしたように、坂巻を睨《にら》んだ。しかし、その目には、怒りよりも問いかけるような光が浮かんでいた。

「言いたいことがあるなら言えよ」

「僕が空気を読む努力をしてるって……」

「最初の頃、和食がどうたらとか言ってたよな。なんであんな提案をした?」

「それは……。無形文化遺産に指定されたからです。記事はタイミングが重要だと、キャップに散々言われましたから、ちょうどいいんじゃないかって」

「そういうことだ。今度、空気読まずに取材してみろよ。原稿は俺が見てやる」

坂巻はそう言うと、取材に出ると言って、席を立った。

熊のような後ろ姿を見送りながら、堀がため息を吐く。

「なんなんすかね? 理不尽大王の言ってること、上原さんには分かりましたか?」

小柄な堀が、いつも以上に小さく見えた。

彼も、悩んでいたことに初めて気付く。考えてみれば、原稿がなかなか出ないことを、気にしない記者なんていない。

「書きたいことを取材して書いてみれば？」

「和食の取材は、そうしようとして、坂巻さんの怒りを買ったんだと思いますけど」

だから、それは……。

坂巻の話を聞いていれば察しがつくと思うのだが、そのあたりが空気が読めないということなのだろう。

ヒントをあげることにする。

「無形文化遺産に指定されていなくても、やりたかった？」

そう言うと、堀は考え込むような顔つきになった。

夕方、矢作との引き継ぎを終えると、高橋から食事に誘われた。

「今日は早番だったから、もう仕事ないの。あなたも原稿出してないから、いいわよね」

いつになく強引なのは、何か言いたいことがあるからだろう。

「分かりました」

高橋が連れていってくれたのは、会社から数分のワインバーだった。チーズ盛り合わせ、サラダとパスタ、そしてグラスワインを二人分頼むと、高橋はため息を吐いた。

「大事には至らなかったとはいえ、半藤さん、とんだことになっちゃったね。上原さん、その場にいたんだって？」

「驚きました。もしかしたら、過労死かもしれないって、心臓バクバクでした」

「だよね。やっぱり、誰が見てもそう思うんだ。気をつけなくちゃ」

何を気をつけるのか、よく分からないが、高橋は一人で納得したようにうなずいた。

「あと、ここだけの話、矢作がムカつく。引き継ぎのとき、イライラしてしようがなかったわ。せっかく時間を作ったのに、引き継ぎメモを後で送りますからよろしくって、ふざけてるわよね。こっちに負担が回ってくるってことが、まったく分かってない。産休取るなとは言わないけど、ちょっとは申し訳なさそうな顔をしろって話よ」

高橋はそう言うと、ワインを呷《あお》った。

出産経験のある高橋が、そんな棘《とげ》のある言葉を吐くとは、思っていなかった。高橋と矢作は、能力に差はあるのかもしれないけれど、似たような人生を歩んでいる。後輩女性が自分が通った道をやってこようとしているのだ。応援するのが、普通の感覚という気がするのだが。

そう言うと、高橋の目が尖った。

「冗談じゃない。あんな無責任女と私を一緒にしないで。矢作は無計画すぎるのよ。妊娠してたのにそれを隠して、一面の年間企画に立候補したって変じゃない？」

一面の年間企画に参加すると、その記者は時間の半分を企画に、もう半分を所属部の仕事に振り分けることになる。

というのは、表向きのことであり、実際には一・五倍働かないと、所属部のほうが回らなくなるから、たいていひどく忙しい。企画によっては、完全に所属部を離れることもあるが、矢作の場合そういう参加のしかたではなかったそうだ。増えた分の仕事は他の部員、主に半藤に振り向けられた。

自分で自分の責任と仕事を増やしておきながら、それを他人に押しつけるのは、無責任だと高橋は憤った。

「私は、シンクタンクに出向して、自分の責任と仕事量を減らしたうえで、産休・育休を取ったわ。だから、迷惑をかけるのは最小限ですんだはずよ。妊娠・出産は権利だけど、周りへの気配りも必要じゃない？　それをしないで権利を振りかざす女がいるから、子どもを産みにくくなるのよ。無責任女ってホント、質《たち》が悪い」

そう言うと、運ばれてきた薄切りチーズをまるでスナック菓子のようなスピードで食べ始めた。

全部食べられてしまいそうだったので、慌ててフォークを伸ばす。

女の敵は女だと高橋は言いたいようだが、それは矢作の台詞《せりふ》でもあると思った。誰もが高橋のように、計画的に妊娠・出産できるとは限らない。

それ以前の問題として……。

高橋は周りの女性たちの状況が見えていない。坂巻は、高橋のことを女ではないと言っていたが、それはある意味、当たっている。少なくとも、普通の女性じゃない。

田舎の幼なじみで結婚している子の半分ぐらいは出来婚だ。高橋のような完璧な女性など、そうそういるわけではない。自分に厳しいのはいいが、他人に厳しすぎるのはいかがなものかだ。

この会社に限って言うと、シンクタンク行きは、片道切符になる可能性もあった。シンクタンクの仕事がやりたくて行くならいいが、記者を続けたいとしたら、自分から志望するのは勇気がいる。

高橋ほど優秀で実家の援助体制も整っていれば、産休後に記者として引き取ってくれる部はあるだろう。でも、図抜けて優秀ではない矢作の場合、微妙なかんじがする。

自分は能力的にはどうあがいても高橋よりずっと下だし、実家の援助が見込めない分、矢作より条件も悪い。記者の仕事に未練があったら、とてもじゃないけど、自分からシンクタンク行きなんて希望できない。

思い切ってそう言うと、高橋は鳩《はと》が豆鉄砲を食らったような表情を浮かべた。

「そういうふうに考えたことはなかったわ。でも、なるほど。そういうこともあるのか……」

そう言って、高橋は首をかしげた。

「でも、妊娠・出産がそこまで大事なら、なんで記者になったの？　深夜勤務や転勤が普通にある仕事だっていうのは、会社に入る前から当然、分かってたよね」

「それは……」

返す言葉がない。

自分は、子どもが生まれたら実家の母が面倒見てくれる約束だったし、絶対に子どもが欲しいわけでもなかったから、この仕事を選んだだと高橋は言った。

「実家が都内にない女友だちは、やっぱり悩んだみたいでね。テレビ局に合格したのに、結局、都庁に就職したよ。出産後も働きやすいのは、マスコミより公的な職場だし、転勤がないのが魅力だって言ってた。今は、私と違って、親に頼らない自立したワーキングマザー」

「そこまで、深く考えてなかったんです。大学出たら働かなくちゃと思って、なんとなく入社試験を受けたら、受かっちゃって、今に至るというか……。今も、正直、何がいいのかよく分かりません。結婚の予定もないのに、悩んでもしようがないんですけど」

正直に言うと、高橋は苦笑いを浮かべた。

「なるほどね。まあ、私や矢作は親にゲタ履かせてもらってるようなもんだから、先輩面して後輩に語っちゃいけないね。でも矢作は、なーんか嫌なかんじなのよね。私は普通じゃないって、上原さんは言うけど、普通の女性だったら、なおさら周囲に対する気配りって、あるもんじゃないの？　だいたい、この部の女性は、女性の権利に関しては原理主義の阿波野さんが守ってくれるから恵まれてるのよ。産休取りたいって言い出すのも大変な職場のほうが多いんだから。そういう意味では、サカマキングの矢作批判は、当たらずとも遠からず、かも」

「まあ、でも、矢作さんは、ずっと妊娠を希望していたみたいだから、いよいよってことで、舞い上がるのも分かるような気もします」

「妙に矢作の肩を持つのね」

高橋は鼻の付け根に皺《しわ》を寄せた。

「サカマキングのあれは、単なるルサンチマンだと思うけど、矢作は何か変なのよ。そもそも、なんでこの部に十年も居座ってるのかよく分からない。この部に不可欠な記者だとは思わないんだけど」

生活情報部への異動希望を出している女性記者から、相談を受けることがあるのだと高橋は言った。矢作の席がそろそろ空くと思って待っているのに、いつまで経《た》っても空かないのは何故かと、一部記者の間で話題になっているらしい。

この話を続けるのは、まずいと思った。そういう女性たちは、特別優秀ではない千穂が、なぜすんなりこの部に来たのかも、不審がっているだろう。千穂自身、まさかこんなに早く希望が実現するとは、思っていなかったのだ。

「それより、半藤さんのことですけど……。あの人は、なんで他人の仕事まで引き受けちゃうんですか？」

病院に木内が駆けつけてきて、謝っていたことを話す。

高橋は首をひねった。

「私もあの人は、よく分からないのよねえ。原稿はいいわよ。この部では質、量ともにトップクラス、でも、宇宙人みたい。本人が好きでやっているなら、止めることもないと思っていたんだけど、あんなことになっちゃったら、そうも言ってられないわね。そう、そう。今日、食事に誘ったのも、半藤さんのことがあったから、上原さんに釘を刺そうと思ったんだった」

「私にですか？」

「『僕やります』、『一緒にやろう』、『君やって』」

「なんですか、それ？」

無能な中間管理職が上司にいい顔をした後、起こりがちなことだと高橋は言った。安請け合いをして引き受けた仕事を持てあまし、部下に押しつけてくるのだという。

「あの人に子育ての取材ができるとも思わない。そのうち全部、上原さんにおっつけてくるわよ」

いかにもありそうなことだ。憂鬱になってくる。

「無理だったらちゃんと断るのよ。私も、目を配るようにするけど、自分できちんと断らないとダメ。半藤さんみたいに、ニコニコ引き受けてたら、仕事がドンドン増えて倒れちゃう」

高橋にも、部下の身体を気遣う優しさがあったのか。そう思いながらうなずいたが、そうではなかった。

「今朝、デスク・キャップ会で、半藤さんを働かせすぎだって部長が阿波野さんに激怒してたのよ。あれは間違いなく評価に響くね。私は、そんなくだらないことで、自分の点数を下げる気ないもんねー」

高橋はそう言うと、猛烈な勢いでパスタを食べ始めた。

4

「私も、保護者の方たちから、あんなことを言われると思わなかったから、ショックを受けてしまって」

おかっぱ頭の女性教師は、唇を震わせた。

まだお腹は目立たないとはいえ、妊婦が腹を撫《な》でながらそう言うのは、悲痛な図だった。といっても、今日は写真はなしだ。話が話だけに、イメージ写真を使うことで、話はついている。

女性教師は独白のように続けた。

「教師が聖職だっていうのは、その通りかもしれません。責任もあります。でも、だからと言って、クラスの子どもたちのために、自分の子どもは諦めなきゃならないんでしょうか」

「そんなこと、あるはずないじゃないですか！」

思わず、大きな声を出す。

矢作から引き継いだ取材だった。矢作は、ある女性人権団体から、この教師を紹介してもらい、前々から、電話で話していた。ところが、相手の心身の調子が悪く、対面取材のアポが産休後にしか入らなかったのだという。

担当を引き継いだと言うと、相手はあからさまにがっかりした様子を見せた。矢作とは妊婦同士、共感するところがあったらしい。

でも、この女性教師の気持ちには、千穂だって、十分共感できる。

二学期から産休に入ると保護者に伝えたところ、「六年生の担任を持っていながら、妊娠するなんて、いかがなものか」という声が相次いだのだという。

受験を控えた大切な時期に、担任が替わると子どもたちが動揺する。妊娠・出産は担任を持っていないときに計画的にするべきだ。

保護者たちは、こうなったからには、早々に担任を替えて、影響を最小限に抑えてくれと、校長に直訴したそうだ。

校長は、保護者たちの要求をはねのけたものの、クラスの雰囲気があまりにも悪いので、いたたまれなくて、彼女は退職してしまった。心に傷が残り、心療内科に通院しているという。

この話を聞いたとき、矢作を批判した高橋のことを真っ先に思い浮かべた。

やっぱり、高橋はズレていると思う。自分が計画通りにうまくできたからと言って、そうできない他人を責めるのは間違っている。子どもなんて、授かりものだと言うではないか。

百歩譲って、教職のために独身を通している同僚教師が批判するのなら、まだ分かる。でも、批判している保護者たちは、子どもを産んでいる。全員が、誰にも迷惑をかけないように、出産したとは思えない。お互い様、という気持ちがないのだろうか。

自分の子の受験を心配するのは分からないでもないけど、自分の子のためなら、他人の子はどうなってもいいという感覚が理解できないし、気持ちが悪い。まさに、モンスターという言葉がぴったりだ。

そういえば、少し前に、五輪強化選手に選ばれている女性アスリートが突然、出産を発表して、世間に叩かれていた。税金で競技環境を整えてやっているのに、勝手に妊娠するとはけしからんという批判があることを知り、言葉も出なかった。

少子対策とか、そういうものの前に、モンスターの口を封じなければ、出生率なんて絶対に上がらない。そもそも、そんな理由で中絶を暗に勧めるなんて、母体保護法をまったく理解していない。

「別の学校に復職することは考えているんですか？」

「それが、まだ迷っていて……。私に教師をやる資格はあるのかなって」

「できれば復帰していただきたいなと個人的には思います。モンスターペアレントの偏見に負けないでください」

「でも……」

女性教師はそう言うと、視線を落とした。

無理強いはしないほうがいいのだろう。そして思った。この女性を傷つけた人たちを、自分は許さない。こんな気持ちになったのは、初めてだ。

矢作の担当を引き継いでよかった。仕事は増えるけど、たぶん、得るものは大きいだろう。

「あの……。保護者の取材もするって聞いてますが、そうなんですか」

「学校を通じて、取材は申し込んでいますが、受けてもらえないみたいです。でも、取材の方法なんて、いくらでもあります。それに、ちょっと思ったんですけど……」

女性教師に理不尽な刃を向けたのは、保護者全員ではないはずだ。一部のモンスターのことを、苦々しく思っていた人も、かならずいると思う。

そういう人の声を拾えれば、この教師も少しは救われるはずだ。

「ともかく、先生は余計なことを考えずに、元気な赤ちゃんを産んでください」

そう言うと、彼女は弱々しくうなずいた。

午後、会社に行くと、柿沼が一時間ほど空いてないかと尋ねた。

「ええ、でも何があるんですか？」

「半藤さんのお見舞いに行こうと思うんだけど、男一人だと、具合が悪いような気がするから。一応、彼女は独身だしな」

そういえば、柿沼は半藤と不思議と仲が良かった。

「いいですよ。私も、気になってましたし、行きましょう」

半藤が入院している病院は、徒歩で十分もかからない。

柿沼はデスクの上から、派手な色の紙袋を取り上げると、早速、出ようと言った。

会社を出ると、日差しがきつかった。もうすぐ夏だ。その前に、梅雨か。驚くほど、季節が早く進んでいく。

　柿沼が紙袋を少し持ち上げて言う。

「青山の有名店でケーキ買ってきたんだけど、半藤っぽくないよな。鯛《たい》焼《や》きかなんかのほうが、よかったような」

　千穂は少し笑った。

「いいんじゃないですか？　でも、柿沼さんが半藤さんと仲がいいって、ちょっと意外です。二人は水と油ってかんじがするから」

　柿沼はうなずいた。

「半藤さんと話してると、ほっとするんだよ。仕事のことしか話さないんだけど、いつも楽しそうでさ。聞いてると、こっちまで楽しくなってくる」

　自分は女性記者を差別するつもりはないけれど、どうもしっくりこないものがあると柿沼は言った。

「上原はそうでもないけど、たいてい早口で、テキパキしてて……。その点、半藤さんは、学生時代の女友だちとでも話してるみたいで気が楽なんだ。苦労人なのに、のんびりしてる」

「苦労って？」

「あいつは、大阪社会部の後、本人の希望で東京の科学医療部に行ったんだ。社会部でかじった医療を、科学医療部で深く取材したいっていうのが、希望だった。ところが、わずか半年で今度は札幌に出された」

「なんでまた」

柿沼は、これはここだけの話だと前置きをすると、話し始めた。

「端的に言うと、矢作さんの身代わりだな」

「えっ……」

「この問題には、長い歴史があってだな」

事情通らしく説明を始める。

矢作は、十年前、経済部の深夜勤務が理由で、婚約破棄になりそうだと社会部長に訴えて、生活情報部に異動になったのだと柿沼は言った。

「嘘臭くないかって、当時、話題になってた。矢作は休みとなると、女友だちと海外旅行にしょっちゅう行って、ブログに写真載せてたから。そういう噂《うわさ》が本人の耳に入ったのか、結局、仕事への理解が得られなくて別れたとかいう話が聞こえてきた」

生活情報部に来て三年後、今度は大阪文化部に異動の内示が出たのだという。

「そうしたら、二度も会社のせいで婚約がダメになるのは耐えられないって言い出したんだって。そう言われたら、部長だって無理強いはできないだろ。まあ、そのときは嘘ってわけでもなくて、ちゃんと今の旦那と結婚した。そして、三度目が四年前。新婚生活を満喫したたろうから、二年だけ札幌に行ってくれないか、という打診を蹴った。妊娠・出産を考えているから、それどころではないってことだった」

「でも、それでなんで半藤さんが？」

「札幌としては、中堅の女性記者がどうしても欲しかったんだって。体育会系のデスクやキャップばかりで、若手女子が環境改善を訴えてるから、手っ取り早く女性の中堅記者を配置しようってことになったらしい。矢作さんがダメということなら、地方勤務は全然問題ないと常々言ってる半藤さんはどうかって。半藤さんは、あの通り人格者だし、優秀だ。半藤さんが来てくれるなら、矢作さんより全然いいって言って、札幌から支社長が科学医療部長にわざわざ頭を下げに来たらしいよ」

地方から戻ってきて、半年でまた地方というのは、異例だ。しかも、そんな事情では……。

それでも、半藤は気持ちよく札幌に行ったのだという。

鉄腕半藤というより、神様、仏様、半藤様と呼んだほうがいいのではないか。

「戻ってくるとき、科学医療部に空きがなくて、まったく希望ではない国際部になりそうだったそうだ。それなら、闘病してる患者や家族の取材なんかができるウチの部のほうがいいだろうって、前の部長が半藤さんを引き取った。ま、仕事ができる人だから、むしろ来てもらってありがたいってところだろうけど」

そんな過去が、半藤にあったとは……。

同時に矢作に対する印象が変わっていく。矢作の気持ちも分からなくはない。でも、自分はそこまでのことはできないと思う。希望しない部署で働くことの辛さは、男女関係なく誰だって変わらないだろう。転勤だってそうだ。一度ならともかく、女性であることを理由に、毎度、それを逃れようとは思わない。

もちろん、気持ちの上では逃れたい。でも、それをやってしまったら、後ろめたさを感じてしまい、かえって落ち着かないと思うのだ。

病院に駆けつけてきた木内は、日曜日出勤を一度、半藤に替わってもらっただけで、あんなに恐縮していた。たぶん、自分の感覚は木内に近い。

それにしても、高橋も坂巻も自分より一枚も二枚も上手だ。事情を知らないのに、矢作のあざとさを見抜いていた。

「今の話は内緒だぞ。半藤さんが、嫌がる」

「分かりました。でも、なんでそのことを私に？」

「うん……。なんか、上原なら半藤さんになれるかもしれないと思ったから」

「いやー、それは……」

半藤のようにはなりたくないと思っていた。正直、今も、あまりなりたくない。そもそも、自分が半藤のように働けるとは思えない。でも、半藤のことは嫌いではないと思った。

ノックして病室に入ると、半藤はベッドに上半身を起こし、キーボードを忙《せわ》しく叩いていた。

「あれー、二人ともどうしたの？」

白髪交じりの短髪をかきながら、のんびりと言う。

「それは、こっちの台詞だよ。半藤さん、まさか仕事してるの？」

柿沼が呆れたように言う。

「部長が恐縮して個室用意してくれたんだよ。ここ、一泊二万三千円もするんだってさ。ネットも使えるし、ビジネスホテルにいるのと変わらないね。それより、病院って入院してみると、いろいろ興味深いね。もう、楽しくてさ」

毎日、病院を一回りするのが日課になったと半藤は言った。

「小児病棟があるんだけど、患者の家族の宿泊場所がないんだって。近くのホテルはどこも高いみたいで、みんな苦労していたんだけど、隣にある入室者不足のワンルームマンションのオーナーが、ウィークリーマンションに業態転換して部屋を貸し出し始めたんだって。いい話だよねえ。患者の家族の取材がたくさんできたし、オーナーさんもそういうことならって、さっきまで、ここで話をしてくれた」

そう言うと、半藤はカメラを持っていないか尋ねた。

「原稿、書き始めたんだけど、写真がないんだよね。私のガラケーじゃ、撮れないし。もし、カメラがあったら、写真を撮ってもらいたいところがあるんだけど」

「おいおい、それじゃ静養にならないじゃないか。過労でぶっ倒れた人間がやることじゃないぞ。休むのも仕事だろ。とりあえず、ケーキでも食おうよ。食事制限はないって聞いてる」

柿沼にケーキの袋を渡されたので、半藤に断ってサイドボードから皿を出し、窓際の小さなテーブルでケーキを取り分けた。小ぶりでいかにも女性が好きそうな色鮮やかなケーキだった。

ポットにお茶が沸いていたので、紅茶も入れる。

パソコンを片付けていた半藤は、ケーキを見て目を輝かせた。

「うわー、綺麗だし美味しそうだねえ。これまでの私の取材では、病院食は、ずいぶんよくなったって話だったけど、そうでもなくてうんざりしてたとこなんだ。ケーキ屋さんとか、巡回販売に来たら、入院してる子どもが喜ぶと思うんだけどねえ。ああ、でも糖尿とかで食べられない子もいるから、よくないのかな。後でちょっと取材してみよう」

また仕事の話か。ここまで来ると、一種の病気ではないかと思う。でも、ワーカーホリック、あるいはブラック企業という言葉は、半藤にはなじまない。

病気というより、宇宙人だ。高橋がいつかそう言っていた。

宇宙人は、ケーキを口に運びながら、千穂に頭を下げた。

「そういえば、矢作さんのカバー、上原さんに回っちゃったんだって？　迷惑かけてごめんね」

「それを言うなら、そもそも半藤さんが引き受ける必要はなかったんだよ。あんなに働いてるのに、矢作の分までなんて無謀だ」

柿沼が言う。

「面白そうな担当だから、やってみようと思ったんだけどねー」

阿波野は、倒れた翌日、謝りに来たと半藤は言った。

「阿波野さんが悪いわけじゃないのに、かえって迷惑をかけちゃって、申し訳なかったな」

「阿波野さんは、なんて？」

柿沼が尋ねる。

「カバーする人に嫌な顔をされたら、矢作さんが可哀相《かわいそう》だから、つい私に頼んじゃったって。誰にカバーを頼んでも嫌な顔をさせないのが自分の役割なのに、申し訳なかったって言ってた。現実的に嫌な顔をする人はいるだろうから、阿波野さんの判断は、間違ってはいないと思うし、私も歓迎だったんだけど、こうして倒れちゃったら、そういうことにはならないんだろうね」

「あの……。でも、なんで、そこまで仕事をするんですか？」

思わず聞いてしまった。半藤は微笑《ほほえ》んだ。

「仕事より楽しいことって、そんなにないからやってるだけなんだけど」

自分が特殊だということは理解していると半藤は言った。

「家族を優先したいっていう人は、それでいいと思う。でも、私は取材したり、原稿書いたりするのが、何より楽しいんだよ。ブラック企業とか言われても、ピンと来ない。好きなことをやらせてもらってるんだから、むしろホワイトだと思うんだけどねえ」

この人は、本当に記者という仕事が好きなのだ。こういう人が書く記事は、面白いだろうなと思った。

「ただし、デスクになったら、たぶん、こんなに働かないだろうね」

だからこそ、今、思い切り働きたいのだと半藤は言った。

「記者でいられるのって、あと何年かしかないでしょ。できるだけいろんなことを取材してみたいじゃない。まあ、ちょっとやりすぎだったみたいだけど。家族にも怒られちゃった。それより、矢作さんのカバーのことだけど」

「あ、私は大丈夫ですよ」

「そうじゃなくて、坂巻さんは、自分の班で引き受けるって言ったんだってね。その中には、当然、柿沼君も入るよね。柿沼君もやってみたら？」

ケーキを頬張りながら、柿沼が目を白黒させた。

「俺が？　まったく土地勘がないから無理だよ」

　土地勘がないというより、似合わない。柿沼が保育園に取材に行く様子など、まったく想像できなかった。

「だからこそ、やってみたらいいと思うんだけどねー。年金や金融問題のスペシャリストというのも結構だけど、自分はこれしかできないと思い込むのはもったいない。あとさー、矢作さんの原稿をじっくり読んでみて思ったんだけど、女性視点の話が多すぎだね。っていうか、ほぼそれだけ。男性も出産や育児について、考えたり発言したりしたほうがいいと思うんだよー。新しい見方が出てきたら、女性にとってもいいことだと思う」

　柿沼に対して、上から目線の説教をするとは、大胆だ。仲が良さそうなのに、性格を把握していないのだろうか。

　案の上、柿沼は眉を寄せている。

　それに気付いているのかいないのか、半藤は「ごちそうさま」と言いながらケーキの皿を置き、紅茶のカップに手を伸ばした。

「経済部に戻ったとき、厚労省担当になることだって、あるかもしれないでしょう。現場の取材していたって言えば、役所の人間に一目置かれるよ。官僚って、現場の情報に飢えてるじゃない」

とたんに、柿沼の目の色が変わった。

「なるほど、その手があったか。確かに、現場を知っておくのは悪くないな」

「そうだよ。それに、新しいことを取材するのは楽しいよー。世界がどんどん広がっていく。どうしてみんな、もっと働きたいって思わないのか、不思議でしょうがないよ。新聞記者ほど楽しい商売はない。ただし、事件記者、記者クラブ担当を除く、だけどねー」

そう思わない？　と言うように、笑いかけてくる半藤に、どう答えていいのか分からなかった。

半藤が他の人とどう違うのか、少し分かった気がした。半藤は、ひたすら前を向いている。上を見たり、横を向いたり、あるいは千穂のように、よそ見をしていない。

半藤は、気が強いわけでもなければ、キラリと光る何かを秘めているかんじもしない。でも、彼女こそ、記者の中の記者ではないだろうか。

半藤のように働ける気はしない。でも、自分も前を向いてみようと思った。そうしたら、見えてくるものがあるのかもしれない。でなければ、宇宙人のようには働けないはずだ。

それにしても、プライベートというものが、この人には本当にないのだろうか。

「あの……。半藤さんは彼氏とかいないんですか？」

なんということを聞くんだと言うように、柿沼が顔をしかめたが、半藤は淡々と言った。

「誰も聞かないから言ったことないんだけど、私、五年前から事実婚なんだよねー。旦那はアジアの奥地で井戸とか掘ってる人で、ほとんど日本にいないから、独身みたいなもんだけど」

「そうだったのか！　誰も知らないぞ、そんなこと」

「えー、写真見せてくださいよ」

半藤は、照れくさそうに笑いながら、ベッドサイドのテーブルの携帯に手を伸ばした。

5

マタハラを受けた女性教師の記事は、反響を呼んだ。掲載後、メールで何通も読者から感想が寄せられた。大半は、千穂の記事に賛同し、無神経なモンスターペアレントを非難するものだった。

やはり、自分の感覚は間違っていなかった。

手応《てごた》えのようなものを感じる。

記事を書く前に、保護者の取材もしたのだが、皆、しどろもどろで、千穂に反論できなかった。

新聞に叩かれるとなったら、腰が引けてしまったらしい。だったら、最初から妊婦イジメなどしなければいいのだ。

こうした問題は、他にもたくさんあるはずだ。

一つ一つ丹念に掘り起こし、記事にしていこう。ここは頑張りどころだと思う。半藤のように、楽しいとまでは、思えない。でも、これは自分の仕事だ。

その夜、取材から戻り、メモをまとめていると、不機嫌な表情を浮かべた高橋が近づいてきた。手には大刷りを持っている。

今、席にいるのは、千穂と柿沼と坂巻。誰がターゲットだろうとビクビクしながら、高橋を待つ。

高橋は眉をぎゅっと寄せて、坂巻を見た。

「坂巻さん、この原稿なんですけど……」

自分でなかったことに、ほっと胸をなで下ろす。

「俺の渾身作《こんしんさく》が、いよいよ掲載の運びか」

坂巻はそう言うと、首をかしげた。

「でも、なんでお前が？　子育て面の面担デスクは、お前じゃないじゃんよ」

——そういうことを言われても。

高橋の顔に、そう書いてある。

「ええ。ただ、このグループの担当は私だから、私から坂巻さんに話せと言われて、こうしてやってきたんです」

「何か不明点があるのか？」

「不明点というかその……。原稿そのものに問題があるんじゃないかと」

坂巻の目が尖った。

「どこが悪いって言うんだよ。面担デスクは、俺が熱心に説明したら、理解を示して原稿を通してくれたぞ」

高橋がうんざりしたように首を振る。

「熱心に説明って……。坂巻さんが、怒鳴り散らしただけでしょう。そうやって強引にデスクを通したって、紙面会議ってものがあるんです！　局次長がチェックするんです！」

坂巻が、高橋の手から大刷りを奪い取った。それを広げると、首をかしげながら千穂に渡してきた。

「何が問題なのか、さっぱり分からん。上原、ちょっと読んでみてくれ」

――パパをキモイと言わないで。

大きな見出しが躍っている。

読み始めてすぐに理解した。これは、坂巻自身の手記だ。

モーレツ社員のＳ氏は、育児に参加できないことを、妻に対して常々申し訳なく思っていた。そんなある日、たまたま時間が空いたため、妻に替わって息子を幼稚園にお迎えに行ったのだという。

張り切りすぎて早めに到着したので、園の敷地に入り、外遊びをしていた園児たちと交流を図ろうとしたところ、幼稚園のスタッフが飛び出してきて、不審者として取り押さえられたのだという。

息子の前でそんな目に遭ったことが情けなくて、ついかっとなって、制止を振り切って怒鳴り散らしたところ、警察まで呼ばれてしまった。

その様子を遠巻きに見ていた園児たちから、「キモイ」という声が上がり、それはやがて大合唱となった。以来、S氏はお迎えには一切、行かなくなった。息子はしばらくの間、S氏と会話を避けるようになったという。

この事例を見れば分かるように、男を見ればすぐに不審者だと疑うという空気が、世の中の多くの男性の育児参加を阻む巨大なハードルとなっている——。

四つん這《ば》いでうなだれる男性と、幼稚園で遊ぶ園児たちを組み合わせたイメージ写真が使われている。

読み終えて顔を上げると、得意満面の坂巻と視線がぶつかった。

「いい話だろ?」

柿沼がやってきたので、大刷りを渡した。

高橋が、苛立《いらだ》ちを抑えきれないように、髪をかき上げた。

「坂巻さん……。体験記が悪いとは言いません。でも、坂巻さんのお子さんは、今、小学校五年生ですよね？　何年前の話を書いてるんですか。しかも、こんな特殊な一例で、百十行も引っ張るなんて、あり得ないでしょう。取材をしてください、取材を！」

「取材はたくさんした。でも、俺の体験が一番、インパクトがデカかったんだよ。お前、分かるか？　息子の前で、犯罪者呼ばわりされる人間の気持ちが。そういうのが、トラウマになるんだよ。女だと、こういう苦労は、ないだろ？」

「それは、まあそうですけど……」

「そもそも、子育て面で、ママの苦労話ばかりを取り上げるのは間違ってるんじゃねえの？　パパだって、苦労してるんだよ。むしろ、子育てではパパが弱者って面があるんだよ。そういう記事が、絶対に必要なんだよ。違うか？」

「おっしゃる通りです。でも、この原稿は使えません。差し替えろって、部長にも言われてます。三日後までに、なんとかしなきゃいけないんですけど……」

そう言うと、高橋は千穂を見た。

「上原さん、何か出せる？」

――こっちに来るのか。

正直なところ、まだネタ不足だ。原稿を書く自信はない。でも、どうにかしなければならないのだろう。

坂巻はふてくされたように、腕を組んで目を閉じている。

「ええっと……」

焦りながら、取材予定を書き込んだ手帳を見ていると、柿沼が高橋に声をかけた。

「僕が書きましょうか。実は、僕も男性の育児参加について、取材をしているんです。明日には取材が終わりますから、すぐに原稿、書きますよ」

高橋の目が丸くなる。

「えっ、そうなの？　柿沼君が原稿出してくれるなら、ありがたいけど、どんな話？」

柿沼は、一瞬目を伏せたが、「パパのお迎えの話です」と言った。

坂巻が、ぱっと目を開けた。

「土地勘がないものだから、子持ちの友だちに話を聞いてみたんです。坂巻さんほどのことはないにしても、パパは結構、肩身が狭い思いをするらしいんですよ。他の園児のお母さんたちから、不審者を見るような目で見られるのが辛いとか、そういう話は実際にあります。それを解消しようという動きが広がっていて」

「そうなの？」

そう言う高橋にかぶせるように、坂巻が言った。

「だろ！　俺のネタは常にタイムリーなんだよ。柿沼の原稿で行こう。俺の玉稿は、柿沼の原稿の一エピソードとして組み込んでもらって構わない」

柿沼は微妙な表情を浮かべたが、「まあ、五行程度なら」と言った。

高橋がほっとしたようにうなずいた。

「じゃあ、そういうことで、柿沼君よろしくねー」

スカートを翻すようにして、デスク席に戻っていく。

「しかし、解《げ》せねえ」

坂巻が再び腕を組んだ。

「俺は、話の分かる人間だ。高橋の顔を立てなきゃならんから、今回、柿沼の原稿を使ってもらうのは構わん。でも、なんで俺の玉稿がボツになるんだ?」

柿沼が、処置なしといった表情を浮かべた。それに気付くわけもなく、坂巻は続けた。

「誰かが横やりを入れた可能性があるな」

「はいはい、そうかもしれませんねー」

堀が言う。

そのとき、机の上の電話が鳴った。

受話器を上げると、交換台だった。

「上原記者に電話が入っています」

つないでもらうように言うと、すぐに電話が切り替わった。

「生活情報部の上原です」

「あの……。記事の署名を見て電話したんですが」

女性の声だった。ずいぶん緊張している。

「はい。どの記事ですか？」

「女性教師に対するマタハラについての記事ですけど、匿名でもお話を聞いていただけますか？」

ネタの提供かもしれない。あわててノートを広げ、ペンのキャップを取る。

「どういうお話でしょう」

「実は……」

自分の息子があの教師のクラスにいたのだと女性は言った。

モンスターが、記事に文句をつけてきたのかと身構えたが、それにしては、おどおどした様子だった。

「うちの子、五年生の秋から冬にかけていじめにあって三カ月ほど登校拒否をしていたんです。主人と相談して、六年生に上がるのを機に転校させようと思っていたんですけど、あの先生が、何度もウチに足を運んでくださって、いじめていたお子さんの保護者さんにも話をしてくださいました。自分を信頼して任せてくれ、六年生は担任が持ち上がりだから、責任を持つと言うものだから、息子も頑張って登校してみると言って、新学年から登校し始めたんです」

千穂は唾を飲み込んだ。

「なのに、四月末に、妊娠したから夏に産休に入るって聞いて驚きました」

息子は先生に裏切られたと言って、登校を止《や》めてしまったのだという。

「妊娠はおめでたいことだと思うんです。息子にもそう言い聞かせましたし、先生を責めてはいけないとも思いました。でも、やっぱり、割り切れない気持ちがあって……」

学校名は書いていないものの、状況から自分の息子の担任だと分かったと女性は言った。

「申し訳ありませんでした」

反射的に謝っていた。

女性教師が退職に追い込まれたことについては、理不尽だと思う。マタハラ以外の何ものでもない。

でも、この女性をモンスター呼ばわりするのは、酷だった。自分の無神経さに腹が立つ。

そして、取材のときのことを思い出す。

あの教師が苦しんでいた一番の原因は、実はこのことではなかったか。

どちらが悪いわけでもないのだろう。妊娠を厳密にコントロールすることなんかできない。

悪者がいなくても、こういう不幸なことが起きてしまうのが現実、というわけか。

記事は間違いじゃない。でも、現実がきちんと描かれていない。取材不足だった。なのに、反響があるといって、有頂天になっていた自分が恥ずかしい。

「お話を聞かせていただいて、ありがとうございました。今後の取材に必ず生かします」

その言葉通りにしようと固く心に誓う。

女性は、何度も謝りながら電話を切った。ため息とともに、受話器を置く。

「トラブルか？」

坂巻が声をかけてきたので、事情を話した。坂巻は真面目《まじめ》な表情を崩さずに話を聞き終えると言った。

「ま、勉強になったな。自分の正義が他人の正義とは限らないってことだ」

「はい……。最低でした」

「それが分かっただけでもいいじゃないか。電話をかけてきた人に感謝するんだな」

まぶたの奥が熱くなった。悔しい。そして、情けない。

「辛気くさい顔するな。こういうときは、次は絶対にうまくやるぞって、気合いを入れるもんだろ。記者は毎日、原稿を書くチャンスがあるんだから、明日にだってリベンジはできる」

そんな元気は出てこない。自分のダメさ加減に、泣けてくる。

ついにこらえきれなくなり、指で涙をぬぐった。

柿沼と堀は、何も言わずにキーボードをカタカタ鳴らしている。彼らなりに、気を遣ってくれているのだろう。

「自分を買いかぶりすぎなんだよ。その程度の記者ってことだろ。育児、出産はデリケートな問題が多い。柿沼がやる気を見せているから、お前はしばらく高齢者のほうに専念しろ。気持ちの整理ができるまで、この問題にはタッチするな」

坂巻はそう言うと、椅子をくるりと回した。

第3章　汝の敵を愛せよ

1

壁の時計を見た。午後八時四十五分。

今日は、最寄り駅と自宅の間にある定食屋に寄って帰ろう。サバ味噌煮《みそに》定食か、肉じゃがが定食を食べたい。陶器の器に入った白飯や青菜のおひたしが、千穂にとって最高のご馳走《ちそう》だ。

入院していた半藤は、昨日から出社している。入院中に全身をくまなく検査したが、特に問題は見つからなかったという。疲れが溜《た》まっていただけのようだ。とはいえ、半藤の復帰を受けて開かれた部会で、部長はまるで念仏のように「原稿より健康」と繰り返していた。

その通りだと千穂も思う。ほどほどの睡眠と、栄養バランスの取れた食事は、健康の基本。健康なくして、原稿は書けない。

帰り支度を始めたとき、背後で椅子が回る音が聞こえた。嫌な予感を覚えていると、案の上、坂巻に呼ばれた。

「お前、今日の夕刊の原稿、なんなんだよ」

しかたなく椅子を回して、坂巻と向き合う。

毎日、自転車通勤しているせいか、少しずつ色が黒くなっているようだ。以前から、プロ野球のコーチみたいだと思っていたが、ますます、それっぽくなってきた。

坂巻は手に持った夕刊を、指ではじいた。

「ぬるすぎるんじゃねえの？　またもやパンフレットだ」

大手スポーツジムが、高齢者向けの健康プログラムを拡充し、それが人気を集めているという記事だった。

出稿する前に、坂巻自身が原稿をチェックしている。今さら文句を言われる筋合いはない。

そう思ったが、口には出さなかった。極力スルーするのが、正解だ。

坂巻は大声で続けた。

「まだ五年目だろ。小賢《こざか》しく変化球なんか使うな。全力でストレートを投げろ。男なら、直球勝負だ」

──女なんですけど。

と言っても始まらない。黙っていると、坂巻は言った
「腰が引けてるんじゃねえか？　抗議を受けたぐらいで情けない」

千穂はうつむいた。

そうかもしれないと自分でも思う。マタハラを糾弾したつもりだったのに、振り上げた拳は別の人をしたたかに殴りつけていた。

あれ以来、軽い話題ばかり選んで取材していた。軽い話題はそれなりにニーズがあるから、今日みたいに原稿は掲載される。しかし、逃げているという自覚はあった。

どこかでこの流れを断ち切らなければならない。覚悟を決めて、坂巻に尋ねる。

「高齢者にまつわる話題で、直球と言うと、どんなかんじになりますかね？」

「自分で考えろと言いたいところだが、しようがねえなあ。まあ、ちょっと待ってろ。俺が思うに、ちょっと取材すりゃ、ニュースが出そうな話がある」

坂巻は、身体をひねって、自分のデスクからノートを取った。表紙に「上原・堀」と書いてある。

指導ノートだ。しかも、堀の名前に棒線が引いてある。

坂巻は、太いペンを持つと、ノートに文字を書き始めた。

「ほれ、見出しはこんなかんじ」

坂巻は開いたノートをこっちに向けた。鼻の穴を広げ、得意そうな表情なのが、イラッとくる。

しかし、書き付けられた太い文字を見て、はっとした。

——訪問介護でトラブル続出。

「核心ににずばりと切り込む記事を書けってこと。俺たちは、企業や介護事業者の広報係じゃねえんだからよ」

坂巻にしては、珍しくまともな意見だ。いや、そうではない。坂巻が言っていることは正しいことが結構あるのだと最近分かってきた。言い方に問題があるから、そう聞こえないだけで……。

そう思いながら考えてみる。介護の現場には、どんなトラブルがあるだろう。

「たとえば……。ヘルパーによる高齢者の虐待とかですか？」

「うむ。あとは、窃盗だな。利用者の自宅に入るわけだろ。家にいるのが、介護を受けている年寄りだけってこともあるだろう。そのへんの引き出しを開けて、宝石やタンス預金をこっそり持っていくやつがいても、俺は驚かないね」

この部で、窃盗なんて物騒な言葉を聞くとは思わなかった。でも、いかにもありそうな話だ。

坂巻は続けた。

「ただし、事件は社会部の案件だ。お前は事件未満、つまり警察沙汰になっていない話を探してこい。事業者側がトラブルを強引に握りつぶしてるケースは、いくらでもあるはずだ。サービスを利用している高齢者やその家族は、立場が弱いんだよ。文字通り、命綱を握られてる。クレーマーだなんて噂《うわさ》が広がったら、サービスを受けられなくなるんじゃないかって心配だろ。泣き寝入りをするしかねえ」

「はい……」

なんでか今日の坂巻は、気味が悪いぐらいまともだ。でも、こういう指示なら大歓迎だ。

「早速、明日から動きます。利用者の苦情を受け付ける第三者機関なんかを取材してみれば、その手の話が出てきそうですね」

坂巻は、わざとらしいため息を吐《つ》いた。

「原稿だけじゃなく、取材も変化球かよ。直球勝負だ。事業者を取材しろ」

千穂は首をかしげた。

「あの……。トラブルはありませんかって、事業者に聞いて回っても、何も出てこないような気がするんですが」

進んでトラブルを公表する事業者なんて、絶対にない。

坂巻は、人差し指で千穂の頭をこづいた。

「ちったあここを働かせろよ」

大前提として、訪問介護でトラブルが起きないわけがないと坂巻は言った。

「人対人のサービスなんだから、トラブルや苦情がゼロってことはあり得ねえんだよ。それは分かるな？」

「はい」

「だったら、簡単じゃねえか。事業者が、ウチはトラブルなんてありませんとぬかしたら、こう言い返せ」

坂巻は、眉間《みけん》に皺《しわ》を寄せ、難しい表情を作った。

「常識的に考えて、トラブルは握りつぶさない限りゼロにはならないと思うんですけどねえ……。御社は握りつぶしているんですか？　今度、そういう特集をしようと思っているんですが」

神妙な声色《こわいろ》で言うと、得意げに鼻の穴を広げる。

「ハッタリだよ、ハッタリ。びびらせてやれば、何か出してくるだろう」

ため息しか出ない。

ハッタリが悪いとは思わないけれど、このケースでそれが通用するものか。今日は珍しくまともだと思ったけれど、やっぱり坂巻は坂巻か。

黙っていると、坂巻が舌打ちをした。

「しようがねえなあ。とりあえず、訪問介護のヘルパーに同行取材してみろ。現場を見れば、変化球なんぞ投げてる場合じゃないって分かるはずだ。それに、現場の人間と親しくなりゃ、トラブルの話も聞ける」

そんなにうまくいくものだろうか。

「なんだよ。その不満げな顔は。俺がアポを取ってやるから、絶対に行け。剛速球を投げるには、足腰を鍛える必要があるんだよ。じっくり取り組め」

そう言うと、引き出しに手をかけた。

坂巻の引き出しには、名刺ファイルがぎっしり詰まっている。以前、堀がデータ化したらどうかとアドバイスしていたが、まだ実行していないようだ。

「明日、明後日は時間あるか？」

「明日の午後なら」

坂巻は引き出しからブルーのファイルを取り出して、めくり始めた。

そのとき、高橋が近づいてきた。

「坂巻さん、ちょっと、いいですか？　話が聞こえたもので」

「おう、なんだ」

ファイルに視線を当てたまま、坂巻が言う。

「別の記者が書いた原稿で、訪問介護の現場写真が急に必要になったんです」

写真撮影に応じてくれたお年寄りの容態が、取材の数日後に悪化して、亡くなってしまったのだという。

「そういうわけで、写真の使用は控えてくれって、連絡があったんです。なので、上原さんの取材に写真部の記者を便乗させてもらませんか？」

「駄目だ。カメラは入れない」

高橋が眉を寄せる。

「なんでですか？　同行取材でしょ。せっかくの機会なんだから、写真を撮らせてもらわないと」

「いや、取材じゃない。上原は、見習いヘルパーに扮《ふん》して、現場を回るんだ」

一瞬、固まった。

――なんだ？　それ。

「それって、身分詐称になりますよね。バレたらまずいですよ」

高橋も眉をひそめながら言ったが、坂巻は肩をすくめた。

「原稿を書くときに、場所を特定できないようにして、利用者を匿名にすりゃバレないだろ。記事にしなくても構わないしな。勉強のための取材も必要だ」

坂巻はそう言うと、高橋の顔を見上げた。

「記者を育てるってのは、そういうことだろ。分かってねえな。お前の都合で上原を便利に使おうとするんじゃねえよ」

そこまで言ったら言いすぎだ。高橋だって、ピンチだから頼んでいるわけで……。

案の上、高橋が目元をピクピクとさせている。しかし、高橋はうなずいた。

「分かりました。そういうことなら、坂巻さんには頼みません」

硬い声で言うと、きびすを返した。

「さて、アポを取っとくか。お前はもういいぞ。アポが取れたら、メールを送ってやる」

坂巻は受話器を上げ、名刺を見ながら番号をプッシュし始めた。

時計を見ると、九時を過ぎていた。定食屋のラストオーダーに間に合わない。いつもの弁当屋で、総菜でも買って帰ろう。

帰宅すると、唐揚げをオーブンレンジで温めながら、シャワーを浴びた。スウェット上下に着替えると、タオルを頭に巻き付けて、唐揚げとポテトサラダを手早く皿に並べる。少し迷ったが、缶ビールを冷蔵庫から取り出して、テレビをつけた。

ニュースを見ながら食事をしていると、メールの着信音が鳴った。スマートフォンをバッグから取り出し、画面を確認する。

発信者は、遠山《とおやま》美砂《みさ》。大学時代の友だちだ。都内の大手化粧品会社で商品企画の仕事をしている。

千穂が通ったのは、仙台の大学だった。同級生の多くは、千穂と同様、東北出身者で、東京に出てきているのは、数人だ。特に女子は少なく、現在、首都圏にいるのは千穂と美砂の二人だけだった。

メールを開くと、予想通り、久しぶりに会おうと書いてあった。昨年、千穂が支局から東京本社勤務になった直後に会い、「これからは、ちょくちょく会おう」と約束したのだが、一度会ったきりになっていた。

美砂は化粧品会社に就職するぐらいだから、学生時代の頃から垢抜《あかぬ》けていた。顔立ちを子細に眺めると、美人とは言いがたいけれど、かんじがいいのだ。他の友だちによると、美砂のような人を雰囲気美人というのだそうだ。

暇なので、電話をかけてみることにする。

ワンコールで美砂は出た。

「千穂？　久しぶりー」

「連絡しなくて、ごめん。仕事が忙しくて」

理不尽大王がキャップでさえなければ、そこそこ快適な生活になったと思うが、現実はこの通りだ。

「まあ、新聞社だもんね。しょうがないよ。それより、今月中にでも、一度、会えない？」

「フレンチかワインバーにでも行く？　開拓した店があるから」

どちらも高橋に連れていってもらった店だ。ファッションやグルメ情報にうるさい美砂も、きっと気に入る。

「千穂から店の提案があるなんてね。忙しいって言いながらも、東京暮らしを満喫してるじゃない」

会社の近くの店で、上司に一度連れていってもらっただけだと言うと、美砂は大声で笑った。

「千穂らしいねえ。で、彼氏はできた？」

「できるわけないよ。出会いがないもん」

「社内にだって、男の人はいっぱいいるでしょ」

同期の山下のことが、頭を過《よ》ぎった。この間、メールが来て、東京見物第二弾に行くことになった。何か進展があるのだろうか。あってほしいような、なくてもいいような。いずれにしても、今、話すことではなかった。

「社内恋愛はめんどくさいよ」

すると、美砂は合コンしようと言い出した。

「そういうことなら、知ってる記者に声かけようか」

山下に言えば、同僚に適当に声をかけてくれるような気がする。化粧品会社勤めの二十七歳の雰囲気美人と合コンだと言えば、みんな喜んで来てくれるだろう。

「男子は四人ぐらいでいいよね？　あとは、美砂が女友だちを誘ってよ」

「いや、そうじゃなくて……」

美砂は小さく咳払《せきばら》いをした。

「実は私、秋に結婚することになったんだ」

「マジで？　おめでとう！」

相手は会社の三つ上の先輩だと美砂は言った。

「去年の秋に付き合い始めたんだけど、とんとん拍子に話が進んじゃってね。そのことを会って話そうと思ったんだけど、合コンのほうがよければ、そうしようよ。こっちで、男性はそろえるから」

「いや、そういうことなら、合コンはいいよ、それより、よかったねえ」

「よかったのかどうか。彼の実家は富山なんだ。ウチは岩手だから、親は嬉《うれ》しさ半分、困惑半分ってところかな。お盆やお正月に、どっちに行くんだって、今から騒いでる」

そう言いながらも、美砂の声は弾んでいた。

「そっかー。でも、きっと大丈夫だよ。仕事はどうするの？」

「続けるよ。今の仕事、気に入ってるから。彼もそれでいいって。まあ、子どもが生まれたら、どうなるかは分からないけどね。それより、千穂も頑張りなよ。前に会ったとき、ワークライフバランスがどうとか言ってたじゃない」

「そうなんだよねえ」

相づちをうったものの、胸の中がモヤモヤとする。

少し前まで、正しいワークライフバランスとは、結婚して子どもを産み、仕事を無理なく続けることだと思っていた。

必ずしもそうではないと今では思う。

高橋は、子持ちながら出世を諦めていない。半藤は子どもを作る気はなさそうだ。それが、彼女たちにとっての、正しいバランスなのだろう。逆に、坂巻や柿沼の妻のような専業主婦や、阿波野のように独身を貫くのも、アリだ。

考えてみれば、当たり前のことだった。生き方なんて、人それぞれだ。ベストバランスは人によって違う。

「千穂?」

いつの間にか、黙り込んでいたらしい。

「あ、ごめん。ともかく、おめでとう」

月末の週末に会うことを約束して、電話を切った。

2

薄いピンクのポロシャツと、グレーのコットンパンツに着替え、ベージュのエプロンをつけた。スマートフォンはマナーモードにして、パンツのポケットに入れる。

その他の私物をすべてロッカーにしまうと、更衣室の隅にある姿見に全身を映してみた。服が無地の淡色ばかりだからだろうか。平凡な顔立ちが、よけい地味に見える。

普段からあまり化粧はしないが、今日は無香料のファンデーションを塗り、眉を描くだけにしておいた。リップぐらいつけたほうが、顔色が良く見えると思うが、眉をひそめられたらまずいので、やめておく。外見なんて、所詮、自己満足だ。

更衣室のドアが開き、波岡清香《なみおかさやか》が、顔を出した。

黒髪をポニーテールにした色白で小柄な女性だ。年は千穂と同じぐらいだろうか。千穂とまったく同じ服装なのに、清香のほうは、とてもよく似合っていた。そして、すっぴんだ。ファンデーションも塗っていないと思われる。

「準備できましたか？　そろそろ、出発したいんですけど」

清香が言う。

「あ、はい。こんなかんじで大丈夫でしょうか」

清香は、親指を突き立てて、「バッチリです」と言ったが、視線を床に向けた瞬間、大きな目を瞬《しばた》いた。

「それ……」

千穂が履いているスニーカーを指さして言う。

カジュアルすぎるのだろうか。

「まずかったですかね。動きやすいほうがいいと思ったんですが」

清香の足元を見ると、上履きのような形の運動靴だった。

「玄関先でのんびり紐《ひも》を結ぶ時間ないんだけど」

「あ、そうでしたか」

巡回介護というものは、靴を脱いだり履いたりする時間まで惜しむのか。

「専務が、伝えてなかったんですよね。まっ、しようがないです。そろそろ行きましょう」

清香の後に続いて更衣室を出ると、そこは事務所になっていた。

ユニフォームを着た女性のホームヘルパーが二人、大テーブルで書き物をしていた。ワイシャツ姿でデスクに向かい、パソコンを叩《たた》いているのは荒川《あらかわ》ケアマネジャー。この事業所の責任者でもある。

「三鷹連雀方面、定時巡回に行ってきます！　今日は、本部から派遣されてきた研修生が同行します」

清香は元気よく言いながら、壁際の棚に置いてあるビニール製のトートバッグを手に取った。透明なもので、中にタオルやビニール手袋、消毒液などが入っている。

「行ってらっしゃい」

荒川はそう言うと、七三に分けた前髪を手で払い、千穂に向かって目配せをした。

荒川と清香だけが、千穂の本当の所属と肩書きを知っている。荒川とは昨日、電話で少し話をした。真面目《まじめ》そうな人柄の男だった。

事業所を出ると、バス通りを横切り、住宅街の中にある駐車場に向かう。「ケアステーション　武蔵野」というロゴが入った白い軽自動車が三台並んでいる。

一番手前の一台に二人で乗り込む。運転席は当然、清香だ。透明なバッグを後部座席に放り込むと、エンジンをかけた。

「他のヘルパーさんたち、上原さんの正体にまったく気付いてなかったみたいだね」

手慣れたハンドルさばきで車を出しながら、清香が言う。

「利用者さんたちも、バレなきゃいいんですけど。ぼーっと立ってると不自然なので、何かお手伝いしたほうがいいですよね」

「洗い物ぐらいは、お願いしようかな。後は、邪魔にならないようにしていてくれたら十分です。あ、気配りはお願いしますね」

「気配り、ですか」

「元気に挨拶するとか、おむつ交換のときに、局部をじろじろ見ないとか」

「あ、なるほど。分かりました」

清香は少し笑った。

「上原さん、リラックス、リラックス。といっても、のんびりはできないけどね。今日は一時スタートで、四時までに五件。そこそこハードだから急がなくちゃ」

黄色い信号が点灯している交差点に、清香は突っ込んだ。

住宅街の角にある古びた平屋の前で清香は車を駐《と》めた。青空駐車だ。ダッシュボードに「巡回介護中」の札を出すと、身体をひねって後部座席の透明なトートバッグを取った。

「夏っぽいバッグですね。これからの季節にぴったり」

皮肉っぽい笑みが清香の頬に浮かんだ。

「ヘルパーがバッグに何か入れて持ち帰ったら、まずいじゃん」

そう言われて、はっとする。

「本当は、バッグを玄関先に置いて、中に入るのがいいんだけど、ケアに必要なものもあるから、こうして持ち込むことになってるの」

「あの……。そういうことって、これまでにあったんですか?」

「どうだろう。噂は聞いたことがあるけどね。ってか、こんなところで雑談してる場合じゃないんだった」

車から出ると、弾むような足取りで、清香は玄関に向かった。

トートバッグから、ポーチを取り出すと、鍵を一本取り出し、ドアに差し込む。

「このお宅は、共働きで、おじいさんが一人で留守番してるんだ。寝てることも多いから、勝手に入ることになってるの」

そう言うと、清香は明るい声で、ドアを開けた。

「市村《いちむら》さん、こんにちは！　ケアステーション武蔵野の波岡です」

清香は靴を脱ぐと、勝手を知った様子で廊下をスタスタと進んだ。慌てて後を追う。嫌な臭いが、廊下に充満している。

なんだろうと思いながら、奥へ進む。

清香がガラスの引き戸を開くと、そこはダイニングキッチンになっていた。四人掛けのテーブルに、水色のパジャマ姿の痩せた老人がついていた。テーブルには空の弁当箱が載っている。食事を終えたところらしい。

「ああ、波岡さん。今日、来る日だっけ。忘れてたよ」

「はい、今日は研修生と二人で来ました。よろしくお願いします」

千穂は、軽く頭を下げた。

「市村さん、お弁当、完食したんですね。おかずは、なんだったたんですか？」

「卵焼きだけど、味付けがしょっぱくてねえ。ウチの嫁にそれとなく言っておいてもらえないか」

「分かりました。食事がすんでるんなら、お部屋に行って着替えましょうか。お薬も忘れないようにしないと」

「ああ、そうだな」

清香は、市村の腕に手を添えて立たせた。足元がおぼつかない彼を支えるように、歩き始める。

「上原さん、洗い物、お願いできるかな。あと、お薬用にコップに水、汲《く》んでおいて」

「分かりました」

弁当箱に手を伸ばしながら、何気なく市村を見て、はっとした。パジャマの尻の辺りに、茶色いものがしみ出している。

市村が座っていた椅子の座面にも、それはついていた。

「洗い物だけでいいからね。他のことは、いろいろ手順があるから」

清香はそう言い残すと、市村とともにダイニングキッチンを出ていった。

弁当箱と箸を手にとって、ごちゃごちゃとした流し台に運ぶ。スポンジに洗剤をつけて洗うと、皿やコップが山盛りになっている水切り籠の一番上にそれらを載せた。

コップに水を汲んで、ダイニングキッチンを出た。二人の声は、奥まったところにある和室から聞こえてくるようだ。

襖《ふすま》を開ける前に声をかけようとしたところ、焦ったような市村の声がした。

「どうしたんだろ。おかしいな。こんな失敗するなんて」

「大丈夫ですからね。足、上げられますか？」

清香は落ち着いていた。

「申し訳ないね。こんな失敗……」

「いえいえ……。これで大丈夫です。お布団に入る前に、お薬、自分で用意してくださいね」

声をかけて襖を開くと、グレーのパジャマに着替えた市村が、引き出しから薬の袋を取り出しているところだった。

千穂が渡した水で市村が薬を飲むのを確認すると、清香は布団の裾のあたりに丸めて置いてあったパジャマを手に取った。いつの間にか、ビニール手袋をはめている。

「じゃあ、ちょっと片付けものをしてきますから。寝てしまっても大丈夫ですよ」

千穂を目で促すと、部屋を出る。

清香は風呂場でパジャマについた汚物をざっと洗い流すと、洗濯機の上に置いてあったビニール袋に入れた。

いったん廊下に出ると、トイレのドアを開ける。

そのとたんに、強烈な臭気が鼻をついた。

清香は無言のまま、トイレの床に置いてあった洗剤と拭き取りシートを手に取ると、トイレの床を拭き始めた。

洗剤は強力なものらしく、塩素の臭いが強くした。それが糞尿と入り混じったのが、この家に入ったときに感じた臭いの正体だった。

「あの……。ダイニングの椅子、拭いときましょうか」

「いや、そっちも私がやるから。消毒液、どこにあるか分からないでしょ」

身体を忙《せわ》しく動かしながら、清香は言った。

ダイニングキッチンの椅子を消毒し、手袋を捨ててから、市村に声をかけて玄関を出る。

家に入ってからきっかり三十分後だった。

鍵を閉めると、清香はバッグからジェル状の消毒液を取り出した。

「上原さんも使っときなよ」

「あ、はい……」

ジェルを両手に塗り込みながら車に向かう。車に乗り込むと、清香はバッグからバインダーに挟んだチェックシートを取り出し、素早くペンで記入した。バインダーをバッグにしまうと、バッグごと後部座席に放り込み、エンジンをかけた。

「慌ただしいでしょ。巡回介護だと、どうしてもこうなっちゃうんだよね」

巡回介護は訪問介護サービスの中で、滞在時間が短いものを指す。家事援助はほぼ行わず、トイレの介助などの身体介護がメインとなる。

「家事援助を含めて三時間とかなら、余裕を持ってケアに当たれるんだけどね。ただ、市村さん程度の要介護度だと、毎日、三時間サービスを受けるわけにはいかないから」

「波岡さんは、いつも、日中に回ってるんですか？」

「そうでもないよ。明日は深夜の巡回。ウチの売り物は、二十四時間巡回介護だから」

「女性一人で危なくないですか？」

「深夜は二人で回るから大丈夫」

「あ、なるほど。でも昼夜逆転になると、身体は、キツイでしょうね」

「まあねえ。それで時給は千二百円なんだけど、どう思う？」

コンビニでも、深夜帯ならそのぐらいの時給は出るのではないだろうか。そう考えると、低いと思う。

そう言うと、清香はうなずいた。

「やっぱりそうだよね。でも、ウチの会社が特にケチってわけじゃない。どこも同じようなもん。やり甲斐《がい》はある仕事だとは思うけど、考えちゃう。生活かかってるから、綺麗事《きれいごと》だけじゃやっていけないんだよね」

来年、ケアマネジャーの試験を受けるつもりだと、清香は言った。

「荒川さんに、勧められてるから。ただ、やっぱりヘルパーとして、現場を回りたいという気持ちもあるんだよね。お年寄りのうんちやおしっこの始末をして回る仕事なんてって言う人もいるけど……」

信号で車が停まった。清香は、ハンドルを握ったまま、千穂のほうを向くと、笑みを浮かべた。

「次の訪問先は、寝たきりのお婆さん。あまり会話もできないんだ。独身の娘さんが面倒見てるんだけど、昼は一人きりなの」

「はい……」

過去にも、新聞や雑誌の記者の取材対応をしたことはあるが、在宅で一人でいる寝たきりの利用者のところに連れていくのは初めてだと清香は言った。

「記者を同行させるのは、要介護度が低い人ばっかりだったんだよね。写真撮影のOKをもらいやすいから。でも、今回は写真は撮らないし、利用者や事業者名が分かるような記事にしないから、キツイところを見せてほしいっていう依頼だっていうから」

坂巻の狙いはこういうことだったのかと、納得する。

ただ、正直なところ、市村のところも結構、きついと思った。この後の訪問先がさらにキツイとなったら……。

しかし、それが現実なのだ。現実を知らずに、ぬるい取材をしていたら、なるほどパンフレット記事になる。

「ま、排泄《はいせつ》は人間の尊厳。介護ではずせないところだよね」

清香はそう言うと、一軒のアパートの前で車を駐めた。

会社に戻ると、待ち構えていたかのように、坂巻が声をかけてきた。

「どうだったよ？」

「はい……。勉強になりました」

思い出すだけでも、胸が苦しくなる。

外から見たら、なんの変哲もない家やマンションの一室も、ドアを入ると別世界だ。

排泄は人間の尊厳。

清香の言うことが、今ではよく分かる。介護は、糞便との戦いだ。

坂巻は、ニヤッと笑った。

「面白い話は聞けたか？」

「それなりには」

移動中の車内、そして事務所で清香にじっくり話を聞くことができた。利用者や家族の誤解に基づくトラブル、サービス提供責任者やケアマネジャーと、ヘルパーとの軋轢《あつれき》。匿名を条件に、清香は現場が抱える様々な問題について、話をしてくれた。

想像以上に厳しい職場だというのが、肌身で分かった。会議室や応接室で向かい合い、上司の立ち会いの元、「取材」と称して聞いても、出てこない話だろう。

「ふむ。で、虐待や窃盗はどうだ」

「噂《うわさ》は聞いたことがあるとは言ってましたが」

そうした話を振ったところ、清香の口は重くなった。

「まあ、簡単には話せないんだろうな。とりあえず、他の事業者でも同じように、同行させてもらえよ。そのうち、虐待や窃盗の話も出てくるだろう。じっくり取り組め」

「分かりました」

ただ、それだけでは、記事が書けない。

「それとは別に、記事を書きたいと思うんですが。ニュース仕立てにできるかどうかは分かりませんが」

「何を書くんだ？」

「ヘルパーをはじめとする介護現場の人たちの待遇の問題です」

キツイ仕事の割に、給料が少なすぎると思う。こんな状況では、人手が足りなくなるのは当たり前だ。

しかし、坂巻は駄目だと言った。

「まずは直球を投げろ。事業者に食い込んで、虐待か窃盗の話を聞き出せ。そもそも、ヘルパーの待遇って、事業者の話だろ。ウチは利用者目線の記事を書く部だ」

それはそうだけど、こんな取材方法では、いつになったら原稿が書けるやら。

そう言っても、怒鳴られるだけだろう。

今日は取材で精神的に疲れた。こんなときに、バカだの、頭が悪いだのと罵倒《ばとう》されたら、心が折れてしまう。

「じゃあ、俺は取材に出る。直帰するから、後はよろしく」

坂巻は、そう言うと、席を立った。

時計を見ると、六時過ぎだった。今日の話は、すぐには字にならない。書くべき原稿もない。かといって、調べ物をする気にもなれなかった。

ため息を吐《つ》いていると、二つ隣の席に座っている柿沼が声をかけてきた。

「相変わらず、大変そうだね」

「はあ……」

「さっき言ってたヘルパーの給料の話。気持ちは分からないでもないけど、給料を上げろっていう記事は成立しないと思うよ」

介護サービスに対する報酬は、国がサービスの内容に応じて決めており、勝手に値上げはできない。入ってくる報酬が決まっている以上、事業者がヘルパーの給料を上げるのは難しいのだと柿沼は言った。

「目の前にいる人に同情したくなるのは分かる。でも、記者だったら、マクロな視点でモノを見るようにしたほうがいい」

「でも、我々の給料と比べるとあまりにも……」

「介護なんて単純労働じゃないか。我々の給料と比較して低すぎるというのは、何かおかしくないか？」

「単純労働なんかじゃありません！」

つい、大きな声が出た。

柿沼が、驚いたように目を見開いている。

「すみません。ちょっとキツイ現場を見てしまったから、感情的になっているのかもしれません」

柿沼は、肩の力を抜くと、微笑んだ。

「そういうこと、あるよね。今日は早く帰ってゆっくりしたら？　キャップもいないことだし」

それがいいかもしれない。うなずこうとしたとき、近くの席から、編集委員の静内《しずない》が声をかけてきた。

六十前のはずだが、おじいちゃんのような容貌で、滅多に原稿を書かないのに、やたらと出張が多い、不思議な人物だ。

「上原、暇なの？　だったら、たまには一緒に飯に行こうよ」

あまり気はすすまない。でも、せっかくのお誘いだし、気分転換にはちょうどいいかもしれない。

「はい、お願いします」

「柿沼君もどうだ」

「ああ、すみません。僕はまだやることがありますので」

「あ、そう。じゃあ、上原とデートしよ。トイレに行ってくるから、すぐに出られるように支度しておいて」

静内はそう言うと、部屋を出ていった。静内の姿が視界から消えると、柿沼が言った。

「上原って、バカ正直すぎないか？　そんなふうだから、坂巻さんにやられちゃうんだよ」

バカという言葉が、柿沼からも出てくるとは……。

「どういう意味ですか」

「静内さんは、ラインからはずれてるし、発言力があるわけでもない。それどころか、ピントがずれてる。付き合う必要ないよ。どうせ、ガード下の居酒屋あたりで、昔話を聞かされるだけだ」

そんなこと、考えてもみなかった。そして、真顔でそう言い切ってしまう柿沼が、ちょっと怖い。

「社内の人間と個人的に飲むのは、親しい人間同士の気楽な集まりか、力のある上司に誘われた場合。この二つで十分。あとは適当に口実を作って断るのが常識」

それはそうかもしれない。堀がこの場にいたら、柿沼に賛同するような気がする。でも、何かが違うと千穂は思う。誰でもいいから、話を聞いてもらいたいだけかもしれないが。

「静内さんだって、私と飲むメリットなんてないでしょうから、おあいこだと思います」

柿沼は苦笑しながら肩をすくめると、新聞を読み始めた。

静内が連れていってくれたのは、会社から五分ほどのところにある居酒屋だった。居酒屋の割には洒落《しゃれ》ている。

カウンターが八席に、四人掛けのテーブルが二席。席の間隔が広く、居心地が良さそうだ。

静内は、迎えに出てきた若い店員に、カウンターにすると言い、一番奥の席に向かった。

メニューを広げようとしたところ、静内に制された。

「嫌いなもの、ある?」

「いえ、特に」

「じゃあ、オヤジに任せよう」

静内は、カウンターの中にいる初老の板前に声をかけた。

「静内さん、お久しぶりですね」

「最近、出張続きでねえ」

それはそうだが、静内の原稿なんて、二週間は見ていない。そんなことを知るはずもない板前は、神妙にうなずいた。

「編集委員ともなると、お忙しいんですね。で、今日は何にします？」

「塩辛にもろきゅう。後はいつものようにお任せで。あと、飲み物はいつもの。グラスは二つね」

若い店員が心得顔で焼酎のボトルがずらりと並ぶ棚に向かった。焼酎か……。あまり得意ではないけれど、この際、しようがないだろう。

出されたおしぼりで、顔を拭くと、静内は言った。

「いやー、よかった。柿沼が来なくて」

「え？」

「あいつが来ると、社内の話ができないからさー。何か話すと、勝手に推理を始めて、あることないこと他人に言いふらす。あれはスピーカーっていうより、変音マシンだな。その点、上原は口が硬そうだ」

「ですかね。黙ってろと言われたことは、言わないだけだと思いますが」

それが口が硬いということだと言って、静内は笑った。

「それはそうと、また坂巻が、無茶を言ってるみたいだな」

「取材の狙いは分かるんですが、記事になるかどうかは別問題で……」

「じっくりやればいいんじゃないか？　坂巻も、時間をかけてもいいと言ってるんだろ？」

「でも、高橋デスクは、そうは思っていないと思うんです」

「あいつはほら、八方美人だから。なまじ能力が高いから、全方向にいい顔ができてしまうのが、あいつの凄《すご》いところだが、最近はそれで自分で自分の首を絞めているとも言える」

褒めているんだか、けなしているんだか分からない。

「まあ、ともかく坂巻には坂巻の考えがあるんだろ。上原はもっと真剣にやったほうがいい」

いつも飄々《ひょうひょう》としている静内には似つかわしくない、力のこもった言葉だった。

そして、心外だった。自分は、堀なんかと違って、坂巻の理不尽な命令にわりと素直に従っていると思う。

「あの……。私って、そんなふうに見えますか？　真面目にやってると思うんですが」

真面目と真剣は違うと静内は言った。

どういう意味だろう。分かるようで分からない。

「ま、仕事の話はこれぐらいにしておこう。飯がまずくなる。それより、上原は宮城出身だったよな。俺、来週、仙台に出張なんだけど、仙台から一時間ぐらいで行ける温泉で、いいところ知らないか？」

「温泉、ですか……」

「山間《やまあい》の一軒宿で、源泉掛け流しで、宿の親父が釣った天然の鮎《あゆ》とかが出てくるところがいい」

宮城県南で土産物屋を営んでいる父に聞けば分かるかもしれないけれど、そんな細かな指定をされても困る。そして、そもそも無理がある。

「県内では、鮎釣りの解禁は七月に入ってからだと思うので、鮎はちょっと……」

川釣りが趣味の父が、そんなことを言っていた。

「なんだ、そうなのか。じゃあ、飯が美味《うま》いところがいいな」

「あの……。出張で温泉旅館に泊まるんですか？」

「当たり前だろ。お前もたまにはそうしろよ。金曜か月曜にアポを入れりゃ、ゆっくりしてこられる」

どの口でそれを言う。ついさっき、「真剣にやれ」と言ったのを忘れてしまったのだろうか。

静内は鼻に皺を寄せて笑った。

「下村部長は、そのへんは大目に見てくれるぞ。あいつ、気が小さいくせに、鷹揚《おうよう》なフリをしたがる」

「私はいいですよ。一人で旅行する趣味はないんで。それに、そんなことをしたらキャップが……」

部長はともかく、坂巻が黙っていないはずだ。仕事が立て込んでいるとき以外、タクシーで帰宅することすら、許さない堅物だ。給料泥棒と罵倒されるのがオチだろう。

「坂巻は、そこまで話が分からない人間じゃないと思うけどな。一度、試してみろよ」

「いえ、とてもそんなことは」

余計なことで、波風を立てたくない。

それにしても、おじいちゃんは、自由で羨《うらや》ましい。

勤め続ければ、自分もいつか、静内のようなポジションを手に入れることができるのだろうか。

そう思いながら、曖昧に笑った。

3

月曜の朝、出社すると、新聞の束を棚から取り出し、先週さぼってしまったスクラップを始めた。部に届く新聞は、各紙ともに一部ずつ残し、黒い綴《と》じ紐《ひも》で一週間ごとにまとめられている。一週間分ともなると、束はそれなりの厚みと重みがあり、扱いにくくてしようがない。

今日はたまたまアポが一件も入っていない。取材の作戦をじっくり練り直し、アポイントを取ることに集中するつもりだった。

土曜日は、別の介護事業所で同行取材をさせてもらい、日曜は調べ物のために出社した。さすがに早めに引き上げたが、これで十連勤だ。

かつての半藤ほどではないが、ブラック企業じみてきた。

そのとき、部屋の入り口から、下村部長を筆頭に、ぞろぞろと部のメンバーが戻ってきた。月曜午前中が恒例のデスク・キャップ会が終了したようだ。

その中に、坂巻の姿もあった。

「お、上原君じゃないか。月曜朝から、真面目にやってるな。結構、結構」

席に着きながら、上機嫌で言う。

君付けで呼ばれるなんて、初めてだ。嫌な予感がする。

「ところで、相談なんだがな。例のトラブル原稿、今週中に出せないか?」

「えっ……」

「取材はしてるんだろ? 土曜も同行取材だとか言ってたじゃないか」

「それはそうですけど……」

勉強にはなったけれど、深刻なトラブルの事例を拾うことはできなかった。

「この際、虐待や窃盗でなくてもいい。何かあるだろ?」

「今のところ特に……。じっくり取り組むつもりで、やってますので」

——そうしろと、キャップが言いました。

指摘しなくても思い出すと思ったのだが、甘かった。坂巻は舌打ちをした。

「じっくりって言ったって、限度ってもんがあるだろ。絨毯《じゅうたん》爆撃でもなんでもいい。木曜までに、原稿を上げろ。それを読んで、俺が追加取材の指示を出す。で、金曜、遅くとも土曜には出稿だ」

そんなの無理だ。キャップのくせに、作文でごまかしが利く話ではないことぐらい分からないのか。そもそも坂巻の作文では、浪花節になるのがオチだ。

しかし、そんなこと言えるわけがない。

「やってはみます」

そう言うのが精一杯だった。坂巻は眉間に皺を寄せて睨んできた。

「なんだ、その面は。できませんと書いてあるぞ。まあしかし、俺は部下に無理を押しつけて、放置するような心ない人間じゃねえ。一つ、ヒントをやろう」

これまで同行取材をした三つの事業者の現場スタッフと会う算段をつけろと坂巻は言った。

「広報とか、総務とかを通すなよ。直《じか》に、連絡を取るんだ。携帯番号は知ってるな」

「あ、はい」

——記事は突然、掲載されることがある。本部を通じて確認を取るのに手間取って、間違えたら大変だから、万一に備えて携帯の番号を教えてほしい。

取材の際にそう言えと坂巻に指示されたので、携帯番号を交換しておいた。

「この前のお礼だとか言って、呼び出して飯でも奢《おご》ってやれ。そうして、話を聞けば、必ず何か出てくるはずだ」

黙り込んでいると、坂巻が焦《じ》れたように手首を鳴らした。

「まだ、ぐずぐず考えてるのか、めんどくさいやつだな。分かった。俺も一緒に行ってやる。トラブルがらみの話を聞き出す手本を見せてやる」

坂巻は今すぐ、この場で電話を入れるようにと言った。

「すぐ動く！　そうしたら、なんとかなるもんだ」

ため息を吐くと、手帳を取り出した。控えておいた波岡清香の携帯の番号をプッシュする。

ツーコールで相手は出た。

「お忙しいところすみません。先日お世話になった上原ですが、波岡さんの携帯でしょうか」

先日はありがとうございました、と続けようとしたところ、相手に遮られた。

「いえ、違います」

女の声だった。

「すみません。番号を間違えたみたいです。失礼しました」

慌てて切ろうとしたが、その前に女が言った。

「波岡は、辞めました。私は後任で携帯も引き継ぎました。突然のことだったので、ちょっとバタバタしているんですが……。利用者の方ですか？」

「いえ。以前お世話になった者です。それより、突然ですよね。どうして辞めたんですか？」

「さあ」

「事故に遭ったとかではなく？」

「その点ならご心配はいりません。この携帯と、事業所の鍵が責任者宛《あて》に宅配便で届いたそうですから」

　腹立たしげに言うと、時間がないからと言って、女は電話を切った。

　受話器を置くと、坂巻が声をかけてきた。

「ヘルパーが突然、辞めたんだな。どこの事業者だ？」

「ケアステーション武蔵野です。運営会社は、武蔵野ケア」

　坂巻がアポを取ってくれたところだ。

「おお、あそこか。それより、俺が言った通りだろ。動けばネタは出てくる」

「どういうことですか？」

「お前、どこまでバカなんだ。ヘルパーが突然、辞めたんだろ？　利用者を放り出して辞めるなんて、無責任極まりない」

「それは……」

　そうかもしれない。後任の女も、清香に対して腹を立てている様子だった。千穂が彼女に同行したのは木曜日。そのときは、辞める様子はまったくなかった。なのに、今朝の時点で辞めている。あまりにも突然だ。巡回介護を担当するヘルパーのローテーションに支障が出たはずだし、利用者にも影響があったかもしれない。

「この話を核にして、他は靴下が臭いとか、植木鉢を壊したとかありがちな話をまとめりゃ、いっちょ上がりだ」

それはあまりにも早計ではないだろうか。

清香には何か事情があったのではないか。事故に遭ったとか、身内の急病とか、仕事に行けなくなる理由はいくらでも考えつく。

そう言ってみたが、坂巻はその可能性はないと断言した。

「病気や怪我なら、突然、辞めたりしねえよ。届けを出して休むのが普通だ。辞めるにしたって、事情を話すだろ。だからこそ、この記事は成立するんだ」

そう言うと、机の引き出しから、指導ノートを取り出した。それを開いて、黒マジックでサラサラと文字を書き付ける。

——介護のプロとしての責任と自覚が足りないヘルパーが大勢いることが、取材を通じて浮き彫りになった。

「こんなかんじで行こうぜ。なかなか深みがある話だ。広げようもあるしな。たとえば、日本人でもそんな調子なのに、出稼ぎ気分で日本にやってくる外国人ヘルパーが増えたら、とんでもないことになるとか」

それは偏見だ。下手をすれば、差別的だと糾弾されてしまう。

だが、坂巻は自分のアイデアがすっかり気に入ったようで、デスク席で作業をしていた高橋を大声で呼んだ。

高橋は一瞬、鬱陶《うっとう》しそうな表情を浮かべたが、席を立ってやってきた。初夏らしい、水色のツーピース姿はいかにも上品だが、明らかに不機嫌だ。

この人もキレるときにはキレる。胃が痛くなりそうだ。

坂巻は、高橋を立たせたまま、椅子にふんぞり返って腕を組んだ。

「さっき会議で俺が話した原稿な。数日中に出せそうだから、よろしく頼むわ。いいところで扱ってやってくれ」

高橋は千穂を見た。

「上原さん、書けるの？　介護現場でトラブルが相次いでいるとかいう話だって聞いてるけど、そういう話は慎重に裏取りをしないと、こっちがトラブルに巻き込まれるわよ」

ごもっともである。

口を開きかけた千穂を、坂巻が制した。

「俺が太鼓判を押してるんだ。高橋は黙って原稿を端末に取り込んで、整理に送りゃいいんだよ」

ぞんざいな口調で言う。

高橋の顔が強《こわ》ばる。千穂は思わずうつむいた。

今の言い草は、さすがにない。年次は坂巻が上とはいえ、デスクはキャップの上位職だ。

そして意外だった。

坂巻はこれまで高橋に対し、一定の敬意を払っていた。

そして、高橋も見かけとは裏腹に、かなり気が強い。

上目遣いで高橋を見る。

キレるかと思ったが、高橋は憮然《ぶぜん》とした表情を浮かべながらうなずいた。

「では、私はノータッチということで。坂巻キャップの責任で出稿するそうですと言って、一面でも総合面でも送りますから」

淡々とした口調だが、痛烈な一撃だ。高橋がそんな態度を取れば、通る原稿も通らなくなってしまう。

高橋の気持ちは分かるが、それで辛い目に合うのは、坂巻ではなく、この自分であるところが、納得がいかない。

胃が再び痛んだ。

千穂の心の内を知るはずもない坂巻は、白い歯を見せた。

「おう。お前も話が分かってきたな。よろしくな」

坂巻は、電話をかけ始めた。相手と一言、二言しゃべると、電話を切って、緑のディパックをつかんだ。

「出かけるぞ。お前もさっさと支度をしろ。午後に何かアポが入ってるなら、キャンセルしろ」

「アポはないですけど、どこへ？」

「武蔵野ケアの本社に裏を取りに行くんだよ。俺の知り合いの専務は、話が分かる男だ。話は簡単につく」

専務に会って話を聞くというのは、悪くない話だ。清香がなぜ突然辞めてしまったのか、千穂も知りたい。

「分かりました。ちょっと待ってください」

出しっ放しにしてあった新聞の束を棚に戻しに行く。その途中で、デスク席の脇を通りがかったが、高橋は千穂の顔を見ようともしなかった。

武蔵野ケアの本社は、吉祥寺にあった。水道橋からＪＲの総武線で一本だ。

十一時半という中途半端な時間のせいか、座席に座ることができた。といっても、落ち着かない。隣の坂巻は、両脚を大きく開いていた。

他人のふりをしようと思ったが、坂巻が話しかけてくる。

「お前のその鞄《かばん》、よくないな」

千穂が膝に載せていたトート型の革のバッグを指さす。

年始のセールのとき、百貨店で買ったごく一般的なものだ。似たような形のものを持っている女性記者は多いし、色も茶色だから派手でもない。

何がいけないのだろうと思っていると、坂巻は言った。

「片方の肩にばかりかけるから、姿勢がおかしくなるんだよ。腰を痛めたら長時間、座って原稿を書くのが辛くなるぞ。走って誰かを追いかけるときにも、こっちのほうが便利だ」

そう言いながら、緑のディパックを軽く叩《たた》く。

「そうですかね……」

ディパックを愛用している女性記者は、社内では少数派だ。しかも、たいていは片側の肩にかけている。坂巻のようにしっかりと背中に背負い、胸元のバックルまで留めている人なんて、見たこともない。

「靴だって、もうちょっと考えろよ」

ぺたんこヒールのどこが悪いのかと思いながら、坂巻の足元を見ると、トレッキングシューズのようなものを履いていた。走りやすそうではある。

「真剣さが足りねえな」

そう言われて、ドキっとした。

——坂巻の目にも、自分は真剣でないと映っているのか。

しかし、すぐに苦笑した。

鞄や靴ごときで真剣さが足りないだなんて、言われたくない。そもそも、これは女性記者の標準スタイルだ。

「ま、服装や持ち物は個人の自由だから、どうこうしろと俺から言うつもりはないけどな」

坂巻はそれきり、口をつぐんだ。

武蔵野ケアは吉祥寺北口から、井の頭通りを十分ほど歩いたところにあった。五階建ての真新しいビルだ。

「お、ここだ。いつの間にか、本社ビルを建て替えたんだな。なかなか立派な建物じゃないか。そういえばこの会社の決算、どうだった？　黒字を出してるのか？」

「さあ、どうでしょう」

「バカもん！」

雷が落ちた。

「そのぐらい調べてから取材に行けよ。上場企業なんだから、ネットで検索すりゃすぐに出てくるだろ」

そうは言っても、企業経営を取材するのは、経済部のミクログループだ。介護現場の取材に行くのに、本社の決算の情報なんて……。

しかし、そこではっとした。

――高齢者問題は、社会部、経済部、生活情報部、地方部が、行政とか政策とか消費者視点とか、それぞれの切り口で扱っています。簡単に言うと、縦割りになってるんです。

それで問題が見えにくくなっている部分もあるんじゃないかと。このグループなら、全部ひっくるめて取材できます。そうした取材をしていくなかで、これまで抜け落ちていた視点からのニュースが出てくるかもしれないな、と。

以前、千穂自身が坂巻に言った言葉だ。熱弁を振るっておきながら、すっかり忘れていた。

苦い思いがこみ上げてきた。そして、ようやく自覚できた。

自分には真剣さが足りないのかもしれない。

「すみませんでした。以後、気をつけます」

「ふん。分かりゃいいよ」

坂巻はそう言うと、ビルの中に入っていった。


受付で坂巻が名乗ると、すぐに五階の応接室に通された。ピンクと白を基調にした部屋だった。介護企業の従業員は女性が多いから、女性の目を意識しているのだろうが、なんとなく落ち着かない。窓際の小テーブルに飾ってある花が、その辺で摘んできたようなマーガレットもどきなのも、違和感があった。

コーヒーが運ばれてきてからほどなくして、三十代半ばとおぼしき男が現れた。色白だが、目がぱっちりとしていて、なかなかの男前だ。男にしては長い髪は綺麗に整えられ、着ているスーツは細身で垢抜けている。

「やあ、坂巻さん。お久しぶりですね」

如才なく頭を下げながら、男は二人に名刺をくれた。千穂も自分のものを渡す。

――専務取締役　桑野《くわの》和成《かずなり》。

その年齢で専務ということは、相当な切れ者か、あるいはオーナー社長の身内だろう。

「いや、こちらこそ。先日は、同行取材を手配してくれてありがとうございます。おかげさまでこの上原が、いい勉強をさせていただきました」

坂巻が丁寧な言葉で話すと、尻のあたりがむずがゆくなる。苦笑しそうになるのを我慢して、神妙な顔つきで頭を下げた。

「その節は、ありがとうございました。本当に勉強になりました」

桑野の顔に、かんじのいい笑みが広がった。

「それはよかった。介護は綺麗事ではないということを記者さん、そして新聞の読者に知っていただくことは、長い目で見れば、利用者、そして我々事業者のためになります。これは、坂巻さんの受け売りで、はじめは納得できなかったけど……」

桑田はいたずらっぽく目を瞬いた。

坂巻が膝を前に乗り出した。

「実は、この件でご相談があるんですよ。上原が同行させていただいたヘルパーが突然、辞めたらしい。波岡さんという人ですが、このことは専務のお耳に入っていますか?」

桑田の表情が曇った。

「今朝の時点で、報告はないようですが……。三鷹の事業所ですよね。すぐに責任者に確認してみましょう」

桑野はそう言うと、内ポケットから携帯電話を取り出し、二人の目の前で電話をかけ始めた。

「専務の桑野です。荒川さんは今、電話に出られそうですか? 至急、確認したいことがあります」

荒川は、その場にいたようだ。桑野は淡々としゃべり始めた。

「そちらにいた波岡というヘルパーのことですが、急に辞職したという話を耳にしました。事実ですか?」

桑野はそれからしばらく、相手の話を聞いていたが、ふいに声を荒らげた。

「なんで、報告がないんですか。ルールを守ってほしい。明日の経営会議でこの件は問題にするから、減給を覚悟しておいてください」

電話を切ると、桑野は坂巻に向き直った。

「坂巻さんのおっしゃった通りでした。波岡清香というヘルパーが先週の土曜、無断欠勤してそのまま辞めました」

清香はその前日の金曜日は夜間の巡回介護を担当し、土曜は夕方から三時間の勤務予定だった。

時間になっても姿を現さず、携帯にも出ないので上司が急病か事故を心配し、緊急連絡先である実家に連絡を入れてみたところ、その数時間後に本人の私用メールから、「辞めます」という一行だけの連絡が来たのだという。事業所の鍵と貸与されていた携帯は、日曜日に宅配便で送られてきたそうだ。

千穂はノートにペンを走らせた。

「サービス提供に影響は出たんでしょうか？」

尋ねてみると、桑野は唇を嚙みしめた。

「残念ながら、替わりのヘルパーの手配が間に合わず、土曜日に彼女が担当するはずだった一軒目のお宅でサービスを提供できませんでした。幸い、家族が在宅だったので、別の日に振り替えていただくことでご理解をいただきましたが」

ならば、大問題とまでは言えないのではないか。

さっきの様子では、責任者の荒川が減給となるようだが、そこまでのことなのか。

荒川とは少し話しただけだが、真面目そうな男だった。できる限りの手を打ったのではないだろうか。

坂巻のほうをちらっと見ると、腕組みをして目を閉じていた。ここは、任せたというこないとらしい。

「影響は最小限に抑えられたってことですよね。責任者を減給させるほどのことではないような気もしますが」

桑野は首を横に振った。

「問題はそこではないのです。波岡というヘルパーが突然辞め、サービスに穴を開けてしまったのは仕方がない。大勢の人間を使っていると、そういうおかしなことをする人も紛れ込んできます。でも、トラブルを私に報告しなかったのは、責任者の落ち度です。トラブル隠しを、トラブルを起こすこと以上に問題視するのが、弊社の方針です」

毎朝九時に、二十四時間以内に発生したトラブルをすべてメールで報告するのがルールなのだという。

「報告があれば、荒川の責任を問うようなことはしません。トラブルを起こしたヘルパーに対しても、それが犯罪行為でなければ教育し、担当するお宅を替えるだけですませます」

ノートに文字を書き付けていると、それまで目をつぶっていた坂巻が突然言った。

「桑野さん、この件は記事にしますよ。突然、仕事を放り出すようなプロ意識に欠けるヘルパーが、御社のような大手にも存在する。その事実を読者に知らせる必要がある」

桑田は、ため息と共に「承知しました」と言った。

坂巻が、千穂のほうを横目で見た。これで記事は成立するな、と言うように目配せを送ってくる。

「ただし、弊社の処置についても、書いてください。明日の会議で責任者の処分を正式に決めます。また、私の責任でヘルパーの教育を見直します。そのことも書いていただければ」

「検討しましょう。あと、他の事業者でも同様なことがあるか、取材してみますよ」

桑野は、ようやく表情を和らげた。

「ご理解いただき、ありがとうございます」

この分なら、記事を書いても、トラブルにはならない。ただ、気になることもあった。ペンを持つ手に力を込めながら、千穂は口を開いた。

「あの……。さっきのルールの話ですが。たとえば、ヘルパーによる虐待や窃盗なんかの報告も上がってくるんですか？」

「時にはありますよ。過去にはあったと言うべきかな。幸い、弊社はまだ警察のお世話になったことはありませんが」

「示談で済ませたようなケースも、公表するんですか？」

だったら、一つ二つ教えてくれないものかと思いながら言うと、桑野は苦笑した。

「担当者の処分はしますが、当事者同士の話し合いで決着した話をわざわざ公表することはありません。ただ、今回のように取材を受け、それが事実であるなら、認めます。利用者が公表を望まない場合、利用者が特定できないよう、書き方に注意をしていただくように要請しますが、基本的にはオープンです。情報を握りつぶしたことが後に分かったら、取り返しがつかないことになります。この仕事は、信頼が第一ですから」

そう言うと、坂巻のほうを見る。

「これも坂巻さんの受け売りですね」

介護保険制度が始まったばかりの頃、マスコミは民間企業が儲《もう》け主義だといって叩いたのだと桑野は言った。

「儲け主義と言われると、イメージが悪くなります。利用者が伸びないのはマスコミのせいだと言って、社長をやってるウチの親父は、頭から湯気を出していました。取材に来た坂巻さんに対しても、相当、無礼な態度で食ってかかっていましたね」

当時を懐かしむように桑野は言ったが、坂巻は顔をしかめた。

「ああ、そういえば。社長はこう言ってはなんですけど、言葉が少々乱暴でしたね。マスコミの連中は、あることないこと書き立てるクズばっかりだ、綺麗事を言う前に、赤の他人のおむつを替えてみろと唾を飛ばしながら言われたっけかな」

この場に社長がいないのがちょっと残念だ。坂巻がそんなふうに罵倒される場面を見てみたい。

「その節はたいへん失礼しました。ただ、僕は感心しましたよ。たいていの記者は、親父にうんざりするか、這々《ほうほう》の体で退散するんだけど、坂巻さんは何度も会社や家に来てくれました。そして、言うことも他の人たちとはちょっと違った」

それはそうだろう。罵倒されて、黙っているような男ではない。怒鳴り合いを繰り広げたに決まっている。

「坂巻さん、なんて言い返したんですか？」

「もう忘れた。十五年近く前のことだ」

桑野はよく覚えていると言った。

「利用者の獲得方法が間違ってるから叩かれるんだっておっしゃいました。闇雲に営業をかけたり、拠点を増やすより、利用者の信頼を得ることが重要じゃないかって。親父はそんな抽象論、理想論では商売はできないと吠《ほ》えてましたが、僕は一理あると思いました。だから、一生懸命考えたんです。どうすれば、信頼を得られるかと」

その結果、先ほどのルールにたどり着いたのだと桑野は言った。調べてみると、老舗の事業者の中に、そういうやり方をしているところがあったらしい。

「早速、弊社のルールを作りました。取材や告発があったら、トラブルをもみ消そうとせずに、粛々と対処することも文書化しました。愚直なほど誠実にやるというのが、他の商売で通用する方法かどうかは分かりません。ただ、少なくともこの業界ではハマる可能性

があると思ったんです。そういう会社なら、質の高いヘルパーが集まりやすいとも思った
し」

「なるほど」

「ただ、親父が簡単にうなずくとは思えませんでした」

だから、自分の案を会議にかける前に、坂巻に話を持っていったのだと桑野は言った。

「好意的な記事を書いてくださって、ありがたかったです。利用者からの反響もありまし
た。それで親父も折れてくれましてね。僕の案が会議を通り、以来、それが弊社の社風と
なりました」

坂巻を横目で見る。

鼻の穴を膨らませているかと思ったが、神妙にうなずいていた。

調子が狂う。でも、坂巻を見直した。暴言を吐くけれど、やっていることはまともだ。

逆に言えば態度さえまともなら、いい記者、いいキャップということなのかもしれない。

「じゃあ、そろそろ失礼するか。記事はこれで書けるしな」

坂巻が言う。

「はい」

うなずきながら、ノートにペンを挿して、鞄にしまった。

4

翌朝、七時少し前に武蔵野ケアの三鷹事業所に向かった。荒川に会うつもりだった。アポは取っていない。どうせ、受けてもらえないと思ったから、直接、行ってみることにしたのだ。どうしても確かめたいことがあった。

波岡清香は、なぜ突然辞めたのか。

記事に彼女の名前は出さないけれど、読む人が読めば、無責任なヘルパーが彼女のことだと分かるだろう。

仕事が嫌になって突然辞めたのならば、間違いなく無責任だ。でも、何か深い事情があるのかもしれない。たとえば、親か恋人が事故か急病で危篤になっていたりしたら、仕事など放り出して駆けつけたいと思うのではないか。その場合、無責任だと断罪するのは酷だ。

昨日、帰社後、坂巻に再びそう言ったが、一笑に付された。

「ヘルパーって仕事に見切りをつけたんだよ。そうでなきゃ、突然、理由も言わずに辞めることねえだろ」

それはそうなのだ。それでも、納得はできなかった。

千穂は、清香と数時間を共にして、彼女の人柄に触れている。彼女は給料の少なさに不満を持ちつつも、ヘルパーの仕事に誇りを持っていた。ケアマネジャーの資格を取りたいと目標も語っていた。

その二日後に無断欠勤して、そのまま辞めてしまうというのは、違和感がある。荒川のとった対応も腑《ふ》に落ちない。自社のルールを知らないはずがない。なのに、なぜ報告を上げなかったのだろう。減給覚悟で隠すようなことではないように思える。

というふうに考えているうちに、ある疑いが芽生えた。それを確かめずに記事を書いたら、後悔する。

マタハラを受けた女性教師の取材で、保護者を自分は一方的に糾弾した。あれは、間違っていた。もっと深く事情を探るべきだった。同じ過ちを繰り返したくない。

事業所の電気がついていないことを確認すると、向かいにあるコンビニで缶コーヒーを買った。妙に甘ったるいそれを飲みながら、コンビニのゴミ箱の脇に立ち、荒川の到着を待った。

コンビニのガラスに映る自分の姿が何気なく目に入った。バッグをかけている右肩が少し下がっていることに気付き、姿勢を正す。ディパックに買い換える気はないけれど、坂巻が言っていたように、姿勢に注意をしたほうがよさそうだ。

荒川が姿を見せたのは、それからおよそ二十分後だった。道路を渡り、鍵を開けて中に入ろうとしている彼に背後から声をかけた。

「荒川さん、おはようございます」

荒川は振り返ると、いぶかしげな表情を浮かべた。ノーネクタイのワイシャツの胸元に手をやりながら、「中央新聞さんでしたよね」と低い声で言う。

「はい。上原です。先日はお世話になりました。少しお話、できませんか？」

「先日の取材についてですか？」

「というより、辞職した波岡さんのことです」

荒川は、はっとしたように目を見開いた。

「もしかして、あなたが専務に？」

千穂は頭を下げた。

「彼女に直接連絡を取ろうとしたら、後任者が出たものですから。告げ口をするような形になってしまって、すみませんでした」

「そうでしたか」

千穂の行為は彼にとって相当迷惑だったはずだが、荒川は千穂を責めることもなく、うつむいた。

「波岡さんの辞め方が不自然に思えて、心配しています。木曜日には、あんなにやる気満々だったのに、いったい何があったんでしょう」

荒川を見据えながら言う。

――清香の突然の退社を専務に知られたくない理由が、あったのではないですか。

心の中でそう問いかけた。

荒川は、小さくため息を吐くと、ガラス戸を押した。

「スタッフが出てくるまで三十分ほどあります。それまで中で話しましょう」


入り口近くにある照明のスイッチを入れると、荒川は会議用のテーブルに座るようにと言い、自分の机に向かった。

言われた通りにして待っていると、エアコンが作動する音がした。荒川が手元のリモコンでスイッチを入れたらしい。

「お待たせしました」

そう言いながら、正面の席につくと、荒川はアイロンがきれいに当てられたグレーのハンカチで額を拭いた。

「上原さんは、どこまで専務から聞いていますか?」

「土曜に無断欠勤して、連絡も取れないから心配して実家に連絡したら、彼女から私用メールで辞めるという返信があったそうですね」

「はい。実家に連絡したのは僕です。波岡の私用の携帯に電話をしても、メールを打っても返信がなかったもので、事故にでもあったのではないかと思って」

「おうちの方は、彼女が辞めたことは？」

「知っていました。実家は埼玉のほうなんですが、土曜の昼頃、そこに戻ったようです。お母さんは、娘が勝手をして申し訳ないと言ってしきりに謝っていましたが、辞める理由については何も。体調が悪くて、電話口には出られないとも言っていました。そして翌日になって、会社の携帯とここの鍵が、宅配便で来ました。それっきりです」

「金曜は彼女、夜勤だったんですよね。変わったことはなかったんですか」

「ええ。夜間の巡回は二人体制で行うんですが、ペアを組んだヘルパーによると、特に変わりはなかったようです。四時前に自宅アパートの前で彼女を下ろして、そこで別れたそうです」

荒川は、嘘を吐いているようには見えなかった。

自分の思い過ごしだったのだろうか。

そう思いながらも、思い切って尋ねてみる。

「荒川さん、なんで彼女が辞めたことをすぐに専務に報告しなかったんですか？　後でバレたら、減給処分になることはご存じでしたよね」

たとえ千穂が言わなくても、必ず誰かの耳から伝わったと思う。

荒川は肩を落とした。しかし、しっかりとした口調で話し始めた。

「正式な手続きを踏んで辞めたことにしてやりたかったんです。無責任な辞め方をしたことが噂になれば、彼女は少なくともこの近辺でヘルパーとして働くことはできないでしょう。それでは可哀想《かわいそう》だ」

千穂は唇を嚙んだ。

そこまでは、思い至らなかった。でも、荒川の思いは理解できた。

彼女に非があるのは間違いないが、将来を閉ざしてはいけないと荒川は考えたのだ。

そのとき、ドアが開いて中年の女性が入ってきた。

ふくよかな身体を丸めるようにしながら、「おはようございます」と言い、怪訝《けげん》な表情で千穂のほうを見た。

「ウチのベテランヘルパーの小角《こすみ》です」

荒川はそう言うと、彼女にお茶を入れてくれるように頼み、話を続けた。

「小角をはじめ、この事業所のスタッフは、僕の考えに賛成してくれました。皆、彼女の仕事ぶりを評価していたし、あの子のことが好きだったから。ただ、後任者は……」

急遽、別の事業所から回してもらった人で、引き継ぎがろくにできないまま、現場に出されたことに不満を持っていたのだという。

「上原さんからの電話を受けて、つい口を滑らせてしまったのでしょうね」

「事情は分かりました」

荒川が報告を怠ったのは、自分に後ろめたいことがあるから。すなわち、セクハラかパワハラがあり、清香が泣き寝入りをしたのではないかと疑っていた自分が恥ずかしい。にしても、清香が辞めた理由は謎のままだった。でも、何かが金曜から土曜にかけて、あったのだと思う。そうでなければ、実家には戻らないはずだ。

仮に、千穂が無断欠勤したとしたら、自宅でふて寝するか、パッと遊びに行く。親に合わせる顔がないから、実家は一番、行きづらい場所のように思える。

叱られると分かって、親元に帰るとしたら……。

それは、とてつもなく辛いことがあったからではないか。

そう考えると、さっき聞いた清香の母親の電話口での対応にも、納得がいく。

重苦しいものが、胸元にせり上がってきた。

「その後、波岡さんと連絡は取れないんですか？」

「ええ。私用の携帯に何度も連絡はしましたが。昨日の夜、スタッフと話し合って、そっとしておこうということになりました。無事であることは、確認できたわけですし」

「すみませんが、もう一度だけ、連絡してもらえますか？　メールでいいですから」

「それは構いませんが、なんと書くんですか？」

「私が会いたがっていると伝えてください。年が近い女性同士のほうが、話しやすいこともあるかもしれません」

午前四時と言えば、まだ暗い。

千穂も仕事柄、深夜にタクシーで帰宅することがあるが、下車してから自室に入って鍵を掛けるまで、心臓がドキドキする。たまに、どうしても必要なものがあって、コンビニの前で下ろしてもらうが、店から自宅までのわずか数分が、とてつもなく恐ろしい。

荒川が、はっとしたように目を瞬いた。

「しかし……」

その様子を見ると、荒川たちも千穂と同じ疑いを抱いている。

いつの間にか、小角がそばに立っていた。お盆に載せた湯飲みをテーブルに置きながら、彼女は言った。

「私が連絡を取ってみましょう。ええっと、あなたは？」

「中央新聞記者の上原と言います。波岡さんに先週、同行取材をさせてもらいました。なのに、突然、辞めてしまったというから……」

小角は、丸々とした腕をテーブルの上で組んだ。

「心配ですよね。昨夜はああいう結論になりましたけど、やっぱり清香ちゃんと連絡を取りたいです」

そう言うと、小角は空いていた椅子に腰を下ろした。

「同じことを考えているようなので、にっきり言いますね。巡回介護が終わった後、あるいは巡回介護の最中に、彼女は乱暴をされたかもしれない」

「ちょっと待ってください。巡回介護の最中？　アパート前で同僚と別れた後ではなく？」

思わず言うと、荒川が首を横に振った。

「いや、それはないと思います。ペアを組んだヘルパーは、最後のほうは体調があまり良さそうではなかったけれど、それ以外は何もなかったと言ってる」

「それはそうなんですが、現場でずっと一緒にいるわけではないから」

一人がお年寄りのおむつ交換や身体の清拭《せいしき》をしている最中に、もう一人が別の仕事をすることがあるのだという。

「たとえば、ご家族の方が起きていて、要介護者が食べるお粥《かゆ》をさっと作ってくれと頼まれれば、ヘルパーによっては断りません。あの日、一軒のお宅でそういうことがあったようです。ペアと離れていた時間は、十五分ほどですが」

千穂は息を呑んだ。そんなことが本当にあるのだろうか。

「そうは言っても、その後、波岡さんは何事もなかったように、巡回を続けたわけだろ。あのお宅で何かあったとは思えないよ。息子さんは、勤めながら一人でお母さんの面倒を見ている苦労人だし、そんなことがあるはずがない」

「逆にそういう立場の人だからってことも、あるんじゃないですか」

小角は、昨日、一人になってから考えているうちに、そう思うようになったと言った。

「仮にあのお宅で、何かあったとします。清香ちゃんが、そのことを訴えて、息子さんが刑務所に入れられるようなことになったら、あのおばあちゃんの面倒を見る人はいなくなってしまいます。会社をクビになるだけでも、たいへんなことになるでしょうし」

だから、清香は無理をして何事もなかったように、巡回介護を続けたというのか。痛ましさで、胸がつぶれそうだ。

「相手が泣いて反省してみせれば、自分さえ我慢すればと思って、許してしまうんじゃないでしょうか。清香ちゃんは情に篤《あつ》いところがあるから」

でも、翌日になって、耐えられなくなり、突然、実家に戻ってしまった。

小角の想像は、筋が通っているように思えた。荒川もそう考えたのだろう。長いため息を吐くと言った。

「そういう場合、どうなるんだろう。強制わいせつとかって、被害者が告訴をしなければ、罪には問われないんですよね」

「そうですね」

「でも、もし私の想像が当たっていたら、放置はできません。あのお宅に派遣される別のヘルパーが被害に遭う可能性があります。清香ちゃんだって、そのことはよく分かっていると思う。だから、本当にそんなことがあったのなら……」

そのとき、千穂のスマートフォンが鳴った。画面に表示されているのは、知らない番号だ。

「ちょっとすみません」

断って席を立つと、少し離れた場所で電話に出た。

回線の向こう側から、すすり泣くような女の声が聞こえてきた。

そこで、はっとした。清香には携帯電話の番号が入った名刺を渡してある。

「もしかして、波岡さん？」

すすり泣きは、いっそう大きくなった。聞いていると、こっちまで胸がつぶれそうになる。

そして、頭に血が上った。

もはや、自分たちの想像が当たっているとしか思えない。なぜ、清香がこんな目に遭わなければならないのだ。

――俺は気に入らねえ。

坂巻のよく使う台詞が頭に浮かんだ。その通りだ。まったくもって、気に入らない。

犯人が赤の他人なのか、要介護者の身内なのかは分からないが、見つけ出して罪を償わせなければ、収まりがつかない。罪など償えないのかもしれないが、少なくとも、何事もなかったように、のうのうと暮らさせたくない。

そのとき、はっとした。

またしても、自分は正義の拳を振り上げようとしている。感情的になってはいけないのだ。

深呼吸を一つした後、ゆっくりとした口調で言う。

「上原です。波岡さんですね。これから会えますか？」

少しの間《ま》の後、震える声で清香は言った。

「はい。お願いします」

会社に戻り、生活情報部のある一画に向かうと、坂巻の怒鳴り声が降ってきた。

「上原！　何時だと思ってるんだ。どこで何やってたんだ。電話にも出ねえし、お前、ふざけてんのか！」

時計を見ると、午後九時過ぎだった。そういえば、昼間、何度か坂巻から着信があったが、電話に出ている場合ではなかったので、すべて無視した。

坂巻と背中合わせの自席に着くと、バッグをどさっと下に置いた。

隣席から、堀と柿沼が心配そうな視線を送ってくる。坂巻の雷が落ちるのを、迷惑がっているだけかもしれないが。

「すみませんでした」

椅子を回すと、一応、坂巻に頭を下げた。

坂巻は丸めたノートを振り上げ、机を叩こうとしていたが、千穂の顔を見ると、ぎょっとしたように顔を強ばらせた。

「お前。目が血走ってるぞ。頬もこけてないか?」

そうかもしれない。朝、缶コーヒーを飲んだきり、飲まず食わずで走り回っていた。

千穂は、坂巻の顔を正面から見た。

「無責任なヘルパーが突然辞めたって原稿は書けません。そういう単純な話じゃないんです」

「どういうことだ」

「辞めたヘルパーは、利用者宅で、家族に乱暴を受けていました。話を聞いた限りでは、強制わいせつ罪に当たると思います」

「なんだと!」

坂巻の顔が驚愕《きょうがく》で歪《ゆが》む。

「その男は、自分が逮捕されたり、会社を首になったりしたら、一人残される母親が困ると言って、被害者を泣き落としていました。被害を受けたヘルパーは、他の事業所にも複数います」

隣の席で、堀が叫んだ。

「すっげー! ヘルパー連続暴行事件。そんな話、聞いたことないっす」

「詳しく話せ」

坂巻が低い声で言った。

埼玉にある実家に行き、母親の立ち会いのもと、清香の話を聞いた。

その夜、清香はペアのヘルパーと二人で、二階の部屋でお婆さんのケアをしていたそうだ。そこに、男がやってきて、母親の食欲が落ちてしまってどうにもならないから、お粥を作ってほしいと懇願し、清香を一階のキッチンに連れていったのだという。男は行為の後、出来心だと泣いて謝り、年寄りに免じて許してほしいと土下座したのだそうだ。

「それを見て、仕方ないと思ったんです。あの男は許せないけど、おばあちゃんが心配です。おばあちゃんはいい人だし、何の罪もないから」

清香はそう言った。男を告訴する気もないそうだ。ただし、このまま自分が口をつぐんでしまえば、男が別のヘルパーを襲う可能性がある。だから、加害者、被害者が特定されない形で、記事にしてもらえないかというのが、清香の希望だった。

「ペアのヘルパーとずっと一緒にいたら、こんなことにはならなかったんです。そのことを全国の介護事業者やヘルパーに知ってほしい」

泣いてはいたが、しっかりした口調で清香は言った。

そういう記事を書くことは、可能だ。ただ、それだけでいいのだろうか。

男は用意周到で、どこか芝居がかっている。出来心ではなく、確信犯という気がした。

しかも、初犯ではないかもしれない。一度、成功したことから味をしめ、再犯を繰り返しているとしたら……。

そんな生ぬるい対応では、他のヘルパーが被害を受ける恐れがある。

どのみち、裏取りが必要だった。まさかとは思うが、清香の話が狂言である可能性も、ゼロではないのだ。

――感情的にならず、慎重に。

自分にそう言い聞かせながら、三鷹に戻った。

荒川と相談したところ、荒川も千穂と同意見だった。そこで、近隣地域の親しいケアマネジャーと連絡を取ったところ「ウチのヘルパーにもそういうことがあったかもしれない」という話が複数出てきたのだ。

被害者と思われる一人と連絡を取り、事情を話したところ、彼女は自分が被害にあったことを認め、告訴の意思を固めた。

「で、今後の流れは？」

「はい。明日、被害者は弁護士と話し合って、告訴の段取りを整える予定でいます。私が取材したほうの被害者も同じ弁護士を使って、歩調を合わせるそうです」

さっき、荒川から電話があり、弁護士も決まったそうだ。武蔵野ケアの常務が、腕利きを紹介してくれたという。

そう言うと、坂巻はうなずいた。

「記事化のタイミングはどうする」

「男の逮捕が決まり次第でしょうか。複数の被害者がいることを考えると、まず間違いないと思いますが……。あと、男が罪を認めて、被害者との間で示談が成立する可能性もあります。その場合は、別途、記事化の方法を考えないといけないし」

「まあ、そうだな」

そう言うと、坂巻は高橋デスクを呼んだ。

千穂が簡潔に内容を伝えると、高橋も顔を歪めた。

「ひどすぎるわね。早速、社会部と話してみます」

「『逮捕へ』っていう本記は、社会部に任せていいだろう。こっちとしても、そのほうがいい。警察にへばりつかずに済むなら、その間に、取材を進められる」

ただし、全体の主導権は生活情報部で取れと坂巻は言った。

「上原が引っ張ってきたネタなんだからな。全体は高橋が仕切れ」

「でも、警察がからむ話ですから、社会部が納得するかどうか……」

「こんなときにまで、腰が引けたこと言ってんじゃねえよ！」

言い終わらないうちに坂巻が怒鳴った。

「本記を譲ってやるだけで、十分だ。ただし、本記より、サイドのほうがこの場合、重要だからな。上原は、この事件が起きた背景をこってり書くんだ。当日、十分な大きさにならなかったら、後日、総合面で大展開しろ。なんとしてでも、俺が押し込んでやる。なんなら、一面で連載にしたっていいぐらいの話だぞ」

そこまでの話だろうかと思ったが、柿沼が口を挟んできた。

「単純な犯人バッシングで終わらせたらいけないと僕も思います」

自分のところのヘルパーが事件に巻き込まれることを警戒するあまり、深夜の巡回介護を止めてしまう事業者が出たら、それはそれで問題ではないかと柿沼は言った。

「財政上、在宅介護の推進は必須です。そして、要介護度が重い人やその家族にとって、深夜の巡回介護は命綱となっている可能性があります。僕は厚労省を取材してみましょう」

「よし、それで行け」

坂巻がうなずく。

「えっと、面白そうなんで、僕も取材していいっすかね？」

堀が言った。

「お前が？」

「そもそも、なんで女二人でペアなのかなって。ヘルパーがおっさんや、じいさんでもいいじゃないですか。そういう事業者があるかどうか、調べてみます」

「ほう、ほう。堀君、なかなか冴《さ》えてるぞ。介護企業の業界団体を取材してみろ」

坂巻が言い、高橋も腹をくくったように、うなずいた。

「分かりました。そういうことなら、私が仕切ります」

温かい気持ちが胸の中に広がっていく。

一石を投じるまでは、自分一人の戦いだ。でも、その後は、仲間と一緒に動けばいい。

会社に仲間がいるなんて、思ってもみなかった。

「じゃあ、早速、明日の朝から動け」

坂巻はそう言うと、どこかに電話をかけ始めた。

椅子を回して机に向き直り、ノートパソコンの蓋を開ける。

「上原、顔色が悪いぞ。今日は引き上げたほうがいい」

柿沼が言う。

「いえ、大丈夫です」

記憶が生々しいうちに、原稿を書きたい。書いて吐き出してしまわないと、怒りで頭がおかしくなりそうでもある。

ＰＣが立ち上がったところで、電話を終えた坂巻が言った。

「上原、原稿は明日にしろ。出かけるぞ」

「飲みに行くんすか？　だったら僕も付き合います。連続暴行事件の話、もっと聞きたいです」

　頭をこづいて堀を黙らせると、坂巻は千穂に向かって言った。

「お前、犯人の母親のこと、気にならないのかよ」

　男が逮捕され、起訴されたら……。おそらく、首は免れないだろう。たった一度の過ちならともかく、そうではないのだ。

　だからといって、男を許す気にはなれなかった。あまりにも悪質で卑劣だ。

　そう言うと、坂巻は鼻で笑った。

「お前、まだ懲《こ》りてないのかよ。正義の拳を振りかざして、悪に鉄槌《てっつい》を下す。それだけじゃダメなんだって、マタハラ教師の件で学んだんじゃなかったのか？　自分の拳が誰かを不用意に傷つけてないか、考えるべきだろ」

「それは……」

「何の罪もないお婆さんが、困窮するのが目に見えてる。なのに、自分は続報の取材に邁《まい》進《しん》して、原稿を書きまくる。ま、お婆さんがどうなろうと、ウチの社の上層部が知ったことじゃねえからな。そういう記者のほうが、出世しやすいのかもしれんが、俺は嫌だね。記者としては優秀かもしれんが、人としていかがなものかだ」

　坂巻の言いたいことは分かる。でも、犯罪は犯罪だ。自分にはどうすることもできないような気がする。

「ともかく来い。今日は特別にタクシーで移動する」

坂巻はそう言うと、緑のディパックを手に取った。

高速を高井戸で降りると、タクシーは井の頭通りに入った。

「もしかして武蔵野ケアに行くんですか？」

「いや。さっき会社の直通電話にかけてみたら、秘書が出た。専務はもう帰宅したそうだから、家に行く。社長と二世帯住宅だったから、場所は分かる」

そういえば、専務は坂巻が社長の家にも取材に行ったと言っていた。

しかし、専務になにを取材するというのだろう。

いぶかしんでいると、お腹の虫が鳴った。

坂巻がくつくつと笑った。

「すごい音だな。桑野の奥さんに、なんか食わせてもらおう」

「奥様のこともご存じなんですか？」

「知らん。でも、旦那に知恵を授けてやるんだ。奥さんに飯ぐらい作ってもらっても構わんだろ。ああ、運転手さん、次の角を右に曲がってください」

しばらくして、坂巻は一軒家の前でタクシーを止めた。

門の外から、家の様子を窺《うかが》った。

それなりに大きくはあるけれど、社長と専務一家が住む二世帯住宅にしては、質素だった。駐車スペースも一台分しかないし、駐まっているのは国産車だ。一階にも二階にも、照明がついていた。

「自宅のほうは、建て替えていないみたいだな」

坂巻はそう言いながら、専務の名前が書いてある表札の下のチャイムを押した。

十一時に近いのに、すぐにインターフォンを上げる音がした。

「中央新聞の坂巻ですが」

「ああ、さっき秘書から電話がありました。そろそろいらっしゃる頃だと思って、お待ちしていました」

桑野の声がしたかと思うと、門の鍵が外れる音がした。門を開けて中に入ると、ドアが内側から開いた。

スラックスにスポーツシャツを着た桑野が立っていた。

「狭いところですが、どうぞ」

そう言いながら、スリッパをそろえてくれる。

通されたのは、応接室だった。独立した六畳間で、応接セットとテレビ、洋酒とグラスの入ったガラス戸棚。そして、ワインセラーが置いてある。

接客用の部屋があるとは、さすが会社役員の家だ。

そう思いながら、フカフカしたソファに座った。

軽やかなノックの音がしたかと思うと、スウェット素材のワンピースを着たすらりとした女性が入ってきた。桑野の妻だ。彼女の持っているトレーに千穂の目は釘付けとなった。

なんて豪華なオードブルセット。スモークサーモンどころか、キャビアまである。フランスパンやチーズも、いかにも美味しそうだった。

「何もなくてすみません」

そう言いながら、桑野の妻はオードブルの皿と、取り分け用の小皿、フォーク、そしてワイングラスをテーブルに置き、部屋を出ていった。皿もグラスも四人分だ。

桑野の妻と入れ替わるように、小柄な老人が入ってきた。

坂巻がソファから立ち上がったので、慌てて千穂も腰を上げた。

「どうも、社長。ご無沙汰しております」

「ふん。坂巻、お前は今でも吠えてるのか」

「そういうわけではありませんが」

「お前の顔なんぞ、見たくもなかったが、こいつが是非、会えというものだから顔を見せに来た。坂巻、俺は忘れていないぞ。お前はこいつと組んで、俺をだまし討ちにしやがった。結果的に会社がうまく回るようになったことは、認めよう。でも、俺はお前のやり口が気に入らねえ」

坂巻が社内の会議に合わせて書いた記事のことを言っているらしい。

「まあ、ともかく座って、食べながら話をしましょう。皆さん、ワインでいいですね」

桑野はそう言うと、ワインセラーから無造作に一本の瓶を取り出した。

各自に飲み物が行き渡ると、桑野は早速話し始めた。

「今回のことは、荒川から報告を受けました。驚きました。まさか、そんなことがあったとは、本当に痛ましいことです。会社としては、波岡を全力でサポートします」

明日、メンタルケアのために心療内科の医師を清香の元に派遣し、弁護士の費用も必要ならば会社で立て替えると桑野は言った。

社長は憮然《ぶぜん》とした表情を浮かべながら、スモークサーモンを口に運んでいる。

千穂も手を伸ばしてみた。見た目の通り、高級品だ。食感がまったりとしていて、少しも生臭くない。

「記事のほうは、もう書かれたんですか？」

桑野に尋ねられ、慌ててサーモンを飲み下す。

「いえ、これからですが……」

「この間申し上げたように、ありのままのことをお話ししますから、なんなりとお尋ねください」

「はい」

そう言われても、質問が浮かんでこなかった。桑野は、「それでは」と言って、話し始めた。ノートを取り出し、メモを取る。

「荒川とも話したんですが、我々の反省点は、ペアのヘルパーは、お互いの目の届かないところに行かないというルールの遵守が徹底されていなかったことです」

マニュアルにはそう記載してあるが、現場が臨機応変に判断してしまい、そこまで気を回せる責任者もいなかったのだろうと桑野は言った。

「利用者の要望に臨機応変に対応することも大切ですが、断らなければならないこともある。そのことを改めて思い知らされました。明日にでも全事業所の責任者に通達を出します。次回の責任者会議では、全員で深夜の巡回介護のマニュアル自体を見直そうと思います」

そのとき、ワインをちびちび飲んでいた坂巻が言った。

「専務。あなた、問題の本質を理解していないですね」

桑野は眉をかすかに上げただけだったが、社長が嚙みついた。

「坂巻！　お前は、またもや我が社を愚弄《ぐろう》するのか」

「いや、だって、そうでしょう。今、専務が言ったような対策しか取らないならば、他の事業者同様、単なる儲け主義だ。社会的使命を担う企業だなんて、大口叩くのはよしてほしい」

かった。

桑野の表情が目に見えて強ばった。

固唾《かたず》を呑《の》んで見守っていると、突然、赤いものが空中を飛んだ。

社長が飲んでいたグラスの中身を坂巻に向かってぶちまけたのだと分かるのに、数秒かかった。

坂巻の白いシャツの胸元あたりが、真っ赤に染まっている。

「お父さん、なんてことをするんですか」

桑野は素早くドアを開けると、妻におしぼりを持ってくるように命じた。

坂巻はポケットからハンカチを取り出すと、ゆっくりとした動作で、顎《あご》のあたりをぬぐった。社長は唇をへの字に結び、ソファにふんぞり返っている。

妻があたふたとおしぼりを持ってきて、坂巻の胸の辺りをぬぐおうとした。

「いや、奥さん。そんなに気にしないでください。慣れてますから。むしろ、懐かしいぐらいだ」

坂巻はそう言いながら、おしぼりを受け取って、胸の辺りをトントンと叩いた。

「いや、シミは落ちないでしょう。弁償します」

桑野はそう言うと、話の続きをしてくれと言った。

「この際、伺いたい。坂巻さんだったら、どうするんですか？」

思わずうなずいた。千穂もそれが聞きたい。

坂巻は大きな目をぎょろりと回すと、そんなことは簡単だと言った。

「ヘルパーが事実を打ち明ける気になれなかった。そこが最大の問題でしょう。つまり、御社の最大の長所であるトラブル隠しをしないという社風が破綻している」

「それはそうかもしれません。でも、彼女が置かれていた状況を考えれば、無理もないことだと思います」

千穂もうなずいた。

性犯罪は、被害を訴え出るのが、とてつもなく難しい。世間の好奇の目にさらされたり、加害者からの報復を怖《おそ》れるのは、当たり前だ。

そう言うと、坂巻は首を横に振った。

「それはそうだが今回に限っては、もう一つ重要なポイントがある。それがお分かりではないとは、専務ともあろう人が、情けない」

桑野が考え込むようにうつむいた。

「坂巻！」

社長が吠えた。

「お前は、もったいつけすぎなんだよ。さっさと話せ」

坂巻は少し笑うと言った。

「まず、大前提として性犯罪の被害者を保護することが大事でしょう。つまり、被害に遭ったのはヘルパーの責任ではないことを明確にし、セカンドレイプを防ぐ」

「それは、もちろんです。だから、早速、メンタルケアの専門家をつけました」

「そこからもう一歩、踏み込むべきだ。相手の男は、自分の母親が困窮すると言って、ヘルパーたちを泣き落とした。そこがこのケースのポイントではないですか？」

千穂は考え込んだ。

確かにそうだ。加害者の家族のことを、ヘルパーたちはよく知っている。顔の見えない関係ではなく、むしろ、加害者より密に付き合ってきた相手なのだ。その点においては、他の性犯罪と性格が異なる。

坂巻は続けた。

「ヘルパーが優しい心根の持ち主であるほど、何の罪もない年寄りが窮地に陥ることを怖れ、被害を訴えられなくなる。犯人は、卑怯《ひきょう》にもそうした彼女たちの心情につけ込んだんだ。そこが、許せねえ！」

つけ込む側が悪いのは当たり前だが、おそらく今後もそういう輩《やから》は現れるだろうと坂巻は言った。

「だから、つけ込まれないように、対策を講じるべきなんですよ」

社長を盗み見た。唇こそへの字に結んでいたが、真剣な表情で坂巻を見据えている。

「そういう事件に巻き込まれたら、被害にあったヘルパーを全力で保護する。同時に、罪のない年寄りは責任を持って面倒を見る。だから、余計な心配をしないで被害を訴え出るよう、ヘルパーに伝えたほうがいいんじゃないですか？」

はっとした。

なるほど、その通りかもしれない。お年寄りも、また事件の被害者なのだ。彼らの救済策が確立していない限り、事件後、泣き落としにあったら、どうしていいか分からず、迷ってしまうと思う。

桑野が膝を打った。

「なるほど！　ウチには、老人ホームもあるから、対応は可能ですね」

坂巻は首を横に振った。

「おたくのホームには、入りたがらんでしょう。それより、地域の介護事業者で話し合って、さりげなくどこかの特養でベッドを確保するとか、そういう間接的なやり方のほうが、いいかもしれない」

桑野はうなずいた。

「業界団体の議案に上げてみましょう。皆で知恵を絞れば、他にも対策が出てくるかもしれない」

「対策がまとまったら、是非、こいつに記事を書かせてやってください」

坂巻は千穂の肩を叩いた。

「分かりました。お約束しましょう」

坂巻は千穂のほうを見ると、笑った。

「ニュースを一本確保できたな」

ふいに社長が口を開いた。

「坂巻、お前、洋酒飲むよな?」

「社長はブランデー党でしたよね」

「バカを言え。もうブランデーはやめた。今はシングルモルトの時代だぞ。おい、和成。この前、スコットランドから取り寄せたやつを開けて、お二人に飲んでいただけ。あと、食い物だ。こんな前菜ばっかりじゃ、つまらん。モルトに合うつまみを見繕ってこい」

桑野は苦笑した。

「お父さん、坂巻さんたちはお忙しいから、ご迷惑ですよ。今度、もう少し早い時間に席を設けましょう」

助け船があって、ほっとした。もう十二時近いし、疲れ切っている。こんな状態でウィスキーなど飲まされたら、タクシーで送ってもらっても、家にたどり着ける自信がない。

しかし、坂巻は手を振った。

「いや、付き合いますよ。たまには、罵倒されるのもいいものです」

「分かってるじゃないか、坂巻」

社長はそう言うと、口の奥の金歯まで見せて笑った。

5

木曜の夕方、会社の自席でアポイントを要請するメールを書いていると、下村部長が満面の笑みを浮かべて近づいてきた。

「局長奨励賞が出るぞ」

「え、そうなんですか」

「俺は局長賞だって推したんだけどな。社会部が協力したからそこまでの価値はないとか言って、局長がケチを付けるもんだから、一つ下の奨励賞になった。でも、分かるやつには分かってる」

「ありがとうございます」

「来週、金一封が出るそうだから、楽しみに待ってろ」

下村は、千穂の肩を馴《な》れ馴れしく叩いて、去っていった。

被害者からの告訴を受けて、警察は男に事情を聞いた。認めて謝罪すれば、告訴を取り下げる考えも被害者側にはあったのだが、男は否認した。被害者が複数いるものの、第三者による目撃証言も証拠もないことから、逃げ切れると考えたらしい。

しかし、事態を耳にした被害者が、その後、もう一人、名乗り出た。彼女は、男の精液をぬぐったハンカチを保存しており、ＤＮＡ鑑定により、犯行が裏付けられたため、逮捕、起訴された。

警察に貼り付いて取材した社会部が書いた本記は、朝刊の一面を飾った。しかしそれは、事実関係を述べただけの簡潔なものだった。

それより、千穂が柿沼と堀にメモを出してもらい、総合面に書いたサイド記事と解説が、反響を呼んだ。巡回介護の現状、再発防止策などについて、多角的にまとめたもので、高橋の助けをだいぶん借りたが、自分でも納得の出来だった。

それが評価されたのだから、嬉しくないわけがなかった。

これまで、記事がどの面に掲載されるかばかり、気にしていたような気がする。でも、そんなことより、何を書くかが大事なのだ。

「上原」

原稿を書いていた柿沼が声を掛けてきた。

「その金で一応、坂巻さんを飯に誘ったら？」

新聞を読んでいた堀が顔を上げた。

「それは違うんじゃないですか？　サカマキングは、いつものごとく、適当なことをわめいていただけでしょ。僕も横で聞いてましたよ。まともなことを言い出したのは、上原さんが暴行のことを取材してきてからでしょ。最初の頃は、なんでもいいからトラブルを発掘しろとか言ってた。途中からは、無責任ヘルパーの話を書けって。あの記事に、理不尽大王は貢献してないですよ。それより、ウチら三人で、どっか行きませんか？」

「残念ながら、賞金は確か一万円だから、三人は無理だろ。それに、形上、キャップを立てといたほうがいい」

そういう習慣が、一部の部署ではあるのだと柿沼は言った。

「あの人がむくれたら面倒だろ？」

「分かりました」

そうしたほうが無難だろう。苦手意識は変わらないけど世話にはなった。と言っても迷惑も被った。

桑野邸でのことを思い出し、怒りが湧《わ》いてきた。

三時過ぎまで、ウィスキーを飲まされ続けた。坂巻と酒を飲むのは初めてだが、ザルなんてもんじゃない。ただの枠だ。社長も同じようなものだった。

帰りたくてしようがなかった。桑野は気を遣ってタクシーを呼んでくれようとしたのだが、すっかり出来上がった社長に強く引き留められ、坂巻もそれを笑って見ているだけだった。

おかげで翌日の午前中は、トイレから一歩も出られなかった。

あれは、アルコールハラスメントだ。

セクハラ、パワハラに続いてアルハラ。他にもハラスメントという名が付く行為があるならば、必ずしかけてくるだろう。

そのとき、坂巻が姿を現した。

「よう、諸君。調子はどうだ」

柿沼は生返事をし、堀は無視を決め込んだ。

千穂は椅子を回して、ディパックを下ろしている坂巻に話しかけた。

「ええっと、奨励賞が出るそうなんですが」

「おお、そうだってな。廊下で下村部長に会ったら、年甲斐もなくはしゃいでた」

「そのことですけど、坂巻さんにも大変お世話になったので、賞金で美味しいものでも食べに行きませんか」

おそるおそる言うと、坂巻は即座に断った。

「俺は部下と飯に行かない主義なんだよ。そういうのはパワハラにつながるからな。よろしくない風潮だ」

では、日頃の振る舞いやこの間の桑野邸のことは、何なのだ。そう思ったが、黙っていた。

たぶん、答えは分かっている。あれは仕事の一環だ。その自覚はあった。さっき、桑野に気軽に電話ができたのは、あの日のことがあったからだ。

「それより、せっかくだから、ディパックを買えよ。俺のを買った店、紹介してやるぞ。そろそろ、セールやるはずだ」

「はあ……。機会があったら」

「おう、任せろ。そういえば、犯人の母親はどうなったんだ？」

「桑野さんに電話をかけてみたけど、つかまりませんでした」

「じゃあ、波岡とかいうヘルパーには電話してみたか？」

「いえ。弁護士からは、彼女が記事を読んで、喜んでいると聞いています」

ただし、精神状態はまだ不安定のようだ。だから、そっとしておいたほうがいいような気がして、直接連絡はしていない。

そう言うと、坂巻は顔をしかめた。

「そういうところが、お前はダメなんだよ。とにかく、電話！」

そう言うと坂巻は夕刊を読み始めた。

電話をかけなければ、さらに怒られるだろう。清香のいまの状況が分からないので、少々不安だけど、かけてみるほかなさそうだった。

携帯にかけると、すぐに彼女は出た。

「あ、上原さん」

声が思いのほか、明るいことにほっとする。

「その後、大丈夫ですか」

「うん。記事、ありがとう。言いたいことをうまく伝えてくれてた。上原さんに話してよかったって、うちの母も言ってる。それより、ちょうど良かった。電話したかったんだけど、忙しいんじゃないかと思って、遠慮してたんだ」

「何かありましたか？」

「今さっき、専務から電話があったんだ。あのおばあちゃん、明日の朝、特養に入るんだって。専務が地元の介護事業者を回って、受け入れ先を探してくれたみたい。おばあちゃんは何が起きたのか理解できていないみたいだけど、かえってよかったかなって」

ほっとした。そして、桑野の人柄に好感を持った。彼は、まっさきにそのことを清香に伝えたのだ。清香の罪悪感を取り除くために。千穂にも、追って連絡が来るだろう。

「よかったですね」

心から言う。

「いやー、ホント。肩の荷が下りたってかんじ。私が悪いわけではないし、他のヘルパーたちのためにも必要なことだと思っても、お婆ちゃんのことを考えると、辛かったから」

「あとは、ゆっくりでいいから、波岡さんが元気になってください。気晴らしとか、必要だったら付き合いますよ」

「ありがとう。でも、メンタルケアの先生と話しているうちに、自分でも分かってきたんだ」

気晴らしは気晴らしに過ぎないと、清香は言った。

「どういうことですか？」

「やっぱ私は仕事がしたい。ヘルパーとして働くのが好きなんだよ。あんな男に、人生をぶちこわされるのは癪《しゃく》だしね。仕事をすることで、元気になれるような気がする。もう一度、ヘルパーをやろうって決めただけでも、だいぶ気分がよくなったし」

驚いた。

あんなことがあったのだ。ヘルパーを続ける気はないだろうと思っていた。

清香は続けた。

「専務には、すぐには無理だけど、何カ月かしたら、復職したいって伝えたんだ。そうしたら、最初は昼間だけの勤務でいいってさ。いままで洒落臭い男だと思ってたけど、意外と話が分かるね」

清香はそう言うと、電話を切った。

坂巻に、お婆さんが無事、ホームに入所したことを告げる。

「被害者のヘルパーも、復職を目指すそうです」

坂巻は、満足そうにうなずいた。

「これで、この問題は決着だな」

千穂はうなずいた。

記事が掲載されたら、それで終わりだと思っていた。でも、そうじゃない。原稿の先には、いろいろな人の人生がある。

それをすべて追うことは無理だろう。でも、場合によっては、追うことも必要なのだ。

坂巻は、プリントアウトした紙を差し出した。

「これでいいだろ？　値段もちょうどぴったりだ。どうせだから、俺が替わりに注文しといてやった」

紙を手に取り、固まった。

——ディパック、赤、九千八百円（送料なし）。

「近いうちに届くだろう」

そう言うと、坂巻は手のひらを上に向けて、差し出してきた。

第4章　敵の敵は味方

1

六月に入った。一年の半分が終わろうとしている。

年の始まりには、まだ社会部にいた。押しが弱く、きらりと光るセンスもない。そんな記者は、お荷物以外の何ものでもなかった。当時は、そのことをあまり気にしないようにしていた。でも、今思うと、気にするべきだった。社会部の仕事が合わないというのは言い訳で、自分には足りないものがあった。

生活情報部に異動して約三カ月。今の自分は、この部にとって、どんな存在なのだろう。この三カ月は、入社以来、もっとも濃い。ただし、充実感がまったくなかった。むしろ、焦りがどんどん膨らんでいく。

入社してからこれまでの間、自分はいったい何をしていたのか。

不満を垂れ流しながら、ファッション感覚で働いていただけだ。

その挙げ句、正義の拳を振りかざし、不用意に人を傷つけてしまった。

ヘルパー暴行事件の取材で、多少は挽回《ばんかい》できたとは思う。でも、同じ年頃の清香と比べても、自分は真剣みが足りないことを思い知らされた。

自分のことを、たまたま入社できただけの偏差値五十の地味な記者だと卑下しながらも、大会社の好待遇の上にあぐらをかいていた。

はっきり言って、最悪だ。

でも、まだ入社して五年目。先があるのが、救いだった。

過去は変えられないけど、未来は変えられる。

高橋には、嫌われる勇気が足りないと阿波野は言っていた。それに対して、自分に足りないのは、自分を変える勇気だ。

そんなことをぼんやり考えていると、咳払《せきばら》いが聞こえた。顔を上げると、テーブルの向こう側に座っている山下が、困ったような表情を浮かべていた。

「あ、ごめん」

山下は苦笑した。

「こういうところに来たときぐらい、仕事のことは忘れたら？」

「ほんと、そうだよね」

ディズニーシーのフレンチレストランで、難しいことを考えても仕方がないし、一緒にいる山下に失礼だ。

もう一度謝ると、ケーキの皿に手を伸ばす。フォークで口に運ぶと、しっかりした甘みが口の中に広がった。

甘いものは、甘いから美味《おい》しいのだ。甘さを控えめにする意味が分からない。

それにしても、山下はどういうつもりなのだろう。

東京見物第二弾に誘われたとき、前回と同様、はとバスに乗るものだと思っていた。指定された待ち合わせ場所は、京葉線の舞浜駅。まさかと思ったが、行き先はディズニーシーだった。

メジャーなアトラクションをいくつか回った後、山下が予約をしてくれていたこの店にやってきた。土曜の夜であるせいか、周りはまたしても、カップルだらけだ。

はっきり言って、落ち着かない。友人同士で来るような店ではない。何も考えずに予約したとしたら、山下は新聞記者失格だ。逆に、店の雰囲気の想像がついていたうえで予約したなら……。

山下のことは、嫌いではない。ルックスは中の上。性格に難もないようだ。

新聞記者は、たいていアクが強いか、変わっているかのどちらかだが、山下は普通に好青年で通用しそうだ。彼氏だと言って友だちに紹介したら、羨《うらや》ましがられるだろう。お互いド田舎出身で、東京に出てきて日が浅いため、都会人ぶらずにすむのも気楽でい い。

でも、付き合いたいかというと……。

正直なところ、そういう気持ちが湧《わ》いてこない。

仕事のことで頭はいっぱいだ。

山下はコーヒーを一口飲むと言った。

「でも、まあ、気持ちは分かる。上原も難しい立場だもんな。この前、部内の飲み会で、上原のグループの話がちらっと出て、大変そうだなって思った」

変わりたいと思う。

でも、それは理不尽を受け入れるという意味ではない。

「整理部でもそういう話になってるんだ。理不尽大王の下だと疲れるんだよねー」

しかし、そうではないと山下は言った。

「キャップじゃなくて、グループ自体が大変そうだなって。生活情報部にニュースを追いかけるグループを置くなんて、普通に考えてあり得ないだろ。何かと気苦労が多くない？」

「それは、そうかもしれないね」

生活情報部は、暮らしに密着した読み物記事を書く部署だ。ニュースを取材する必要は、本来ない。

しかも、この班は、他部の担当領域にずかずかと入り込んで取材をしてもいいという。縄張り意識が強い新聞社内では異例であり、他部にとっては不愉快な存在だろう。

山下の言う通り、そういう意味でも自分の立場は難しい。社会部あたりにとっては、煙たい存在だろう。

たとえば先日のヘルパー暴行事件。警察取材にこそ手をつけなかったけど、あれは千穂が引っ張ってきたネタだ。

「ちなみに、その飲み会では、ウチのグループについて、どういう話が出てた?」

山下は、噂《うわさ》に過ぎないと前置きをして話し始めた。

「グループは、原島《はらじま》社長の発案でできたらしいって聞いたな。本当なのか?」

「はっきりしたことは分からないけど……」

整理部でも、そういう話になっているなら、そういうことなのだろう。

柿沼も以前、原島社長が自分たちのチームの陰にいるのではないかと言っていた。下村部長が、原島社長の数少ない子飼いだというのが、その根拠だ。

千穂自身、ゴールデンウィーク前にエレベーターで会い、原島の口から「期待している」と言われている。

原島の顔を思い浮かべてみようとしたが、うまくいかなかった。着ていたスーツが、いかにも高級そうだったことぐらいしか、印象にない。

それにしても、社長がなぜ、生活情報部の一グループの取材体制に口を挟むのか。会社のトップなのだから、弱小部の取材体制のことを考える前に、やるべきことがいくらでもあるはずだ。

そう言うと、山下は周囲を気にするように、声をひそめた。

「ウチの部のデスクは、当間《とうま》会長や久保田《くぼた》編集局長への反旗を翻そうとしているんじゃないかって言ってたけど、どうなんだろう」

当間と久保田はいずれも政治部出身で、昔ながらの新聞人だ。端的に言えば、横柄で上から目線。「新聞は社会の木鐸《ぼくたく》だ」などと、恥ずかしげもなく言う。

三十年前ならともかく、ネット全盛の現在、彼らの認識は時代錯誤も甚だしい。できることなら、千穂だって、反旗を翻したい。ただ、そう簡単ではないのは明らかだし、自分にはそんな力はない。

政治部、社会部を頂点とするヒエラルキーが編集局には存在する。その次が経済部、整理部、国際部あたり。編集局の幹部は、これらの部の出身者が占めている。

「ちなみに、原島社長って、どこの部出身だっけ？」

そんなことも知らないのかというように、山下は苦笑した。

「社長には、ホームグラウンドがないみたいなんだ」

入社直後の地方勤務が終わった後、東京での振り出しは政治部だったけど、その後、経済部、整理部、社会部と回り、デスク時代は大阪にいたこともあるのだと山下は言った。

「整理部の仕事に対して理解があるから、ウチの部では割と社長支持者が多い。ただ、いかんせん、力がないんだよな」

「影が薄いもんね。でも、そもそもなんで原島さんは社長になれたの？」

「前回の社長交代の経緯って知ってるだろ？」

「それはまあ、なんとなく」

千穂が入社する一年前、中央新聞政治部は、スキャンダルを起こした。与党有力議員の不正資金問題の取材に成功しながら、記事掲載を見送ったのだ。

憤慨した担当記者は、辞表を出したうえでマスコミ各社を集めて記者会見を開いた。これにより、事の次第が露見し、中央新聞は激しいバッシングにさらされた。

世論に押されるような形で、中央新聞は第三者による検証委員会を設置した。そして三カ月後、委員会は、編集局長が独断で記事掲載を見送らせたという報告をまとめた。

本当の黒幕は当間社長だという批判が巻き起こった。しかし、当間はそれを無視すると、編集局長を更迭し、自らは社長の座こそ明け渡したものの、会長に就任して、幕引きを計ったのだ。

「社長は代々、政治部と社会部出身者のたすき掛けだろ？　当間さんの次は、社会部出身者という流れだったんだけど、当間さんが納得しなかったんだ。社長になって、間もなかったからな。せめて、リモートコントロールが利く人間を社長にしたかったんだろう」

「それが原島さんということ？」

山下は首を横に振った。

「別の政治部出身者を考えていたらしいよ。でも、社会部が納得しなかったから、揉《も》めに揉めてね。政治部にも社会部にも在籍したことがあって、業界では珍しく紳士だという評判の原島さんに、社長の座が転がり込んできたというわけ」

なるほど、それならば原島社長の影が薄いのも、納得だ。

「でも、原島さんの評判は、悪くないんだ。ウチだけじゃなく、国際部、地方部なんかが支持してる」

「ウチの部も下村部長が、原島さんの腹心の部下みたいだから、当然、原島支持だろうね」

「うん。だから、上原のグループは、当間、久保田ラインへの対抗策じゃないかって声がある。上原自身は、どう思う？」

千穂は、コーヒーのカップに手をつけた。すでにぬるくなっており、泥水みたいだ。一口飲んで、カップを置く。

「構図としては、分かるよ。でも、対抗策だとしたら、もっと普通のキャップを置くんじゃないかな。そんな重要なグループならキャップに揉め事を起こされちゃ困るでしょ」

結局、そこに行き着いてしまう。

そのとき、ウェイトレスがコップに水をつぎ足しに来た。

自分たちが今いる場所を思い出す。

ディズニーシーのレストランに男女二人連れで入店しておきながら、社内事情の話をするなんて、野暮もいいところだ。

山下もそう思ったようだ。白けたような表情で水を飲んだ。

そのとき、ドーンという音が聞こえた。山下は、腕時計を見ると、慌てたように財布を出した。

「しまった。花火が始まる前に出る予定だったのに……」

そう言いながら財布から一万円札を二枚引き出すと、テーブルに載せる。

「悪いけど、会計しておいてくれない？　俺、花火を見たいから。後で電話して」

山下はそう言うと、千穂の返事も待たずに、そそくさと席を立った。

その後ろ姿を見ながら首をかしげる。

そうまでして花火を見たいって、何なのだろう。花火マニアなのか？

とりあえず、会計を済ませるべく、ウェイトレスを呼んだ。

隣の席のカップルが、気の毒そうな目で千穂を見ていた。

そのとき、ようやく気付いた。第三者から見たら、自分たちは、まるで喧嘩別れしたカップルだ。千穂は、置いてきぼりを食らった側になる。

苦笑しながら、支払いを済ませた。

山下は、普通の人というのは、買いかぶりだった。やっぱり彼も新聞記者だ。

バスで地下鉄東西線に出るという山下と舞浜の駅で別れると、会社に向かった。

次の取材に向けて、作戦を練っておきたかった。ワインを二杯飲んだだけなので、ほとんど酔っていない。過去記事を検索したり、スクラップを眺めたりといったことはできそうだ。

昨日の夜、坂巻から下った指令は、「介護現場でのトラブルを暴く記事の第二弾を書くこと」。しかも、ヘルパー暴行事件と同程度かそれ以上に、インパクトがあるものでないとダメだという。

「まずは、仮説を立てるんだ。仮説に基づいて取材してりゃ、そのうちヒットする。あるいはとんでもない別の案件にぶち当たる。無目的に取材したって、しようがねえんだよ」

坂巻は、仮説の重要性をひとしきりぶつと、月曜朝までに、自分の仮説をメールで送ってこいと言った。

前には、現場を回れと言っていた。なのに、今度は「仮説を立てろ」だ。言うことがころころ変わるのはいつものことなので、もはや驚きはなかったが、面倒なことになったと思った。

仮説と言われても、である。

ヘルパー暴行より深刻なトラブルなんて、そうそうないはずだ。でも、やるだけやってみようと思った。手を抜いたって、ろくなことがないことは、ゴールデンウィーク明けに学んだ。

明日はゆっくり家で掃除や洗濯をして過ごしたかったので、できれば今日中にメドをつけておきたかった。

生活情報部の一画に向かうと、出番デスクの高橋のほか、記者が二人いた。そのうち一人は、堀だった。

「お疲れさま」

声をかけると、堀は千穂の姿をじろじろと眺めた。

「なんすか？　その格好」

「何と言われても……。遊びに行って帰ってきたところだけど」

ジーンズに薄手のパーカー。レジャーにぴったりな服装だと思うのだが、堀はスニーカーがダメだと言った。人気ブランドのもので、人気モデルが履いているというから買ったのだが、これのどこがいけないのだろう。

「それ、そのブランドの下位モデルですよ。中国かベトナムで作ってるはずです。どうせなら、アメリカ産の上位モデルを買わなきゃ」

中野の商店街で買ったと言ったらバカにされそうなので、お土産でもらったと言ってごまかした。

そう言う堀の指には、ごつい指輪がはまっていた。ブランド品であっても、そうでなくても、奇妙という印象しかないのだが、そんなことを言ったら、猛反撃を食らいそうなので、大人しくうなずいておく。

席に着き、パソコンを立ち上げていると、堀がさらに話しかけてきた。

「そういえば、坂巻さんに勝手に注文されたディパックはどうしたんですか？」

「あー、あれね。追加生産してるとかでまだ到着してない。返品するわけにもいかないから、使うほかないんだろうね」

「いや、使ったほうがいいですよ」

気になったので、調べてみたところ、無名ながら評価が高い国産メーカーの製品だったと堀は言った。

「岩手県にある会社なんですけどね。ブランド力がないから安いけど、モノはすごくいいみたいです」

岩手県か……。

そういえば、坂巻は水沢市で一人支局長をしていた。取材をしたことがある会社なのかもしれない。

「でも、坂巻さんとおそろいは勘弁」

「休みの日に使ったらいいじゃないですか。人気ブランドのものを買うより、知る人ぞ知る国産ブランドとか、職人が作った一点ものとかを持ってるほうが、よっぽどかっこいいっすよ」

それが堀のこだわりか。指輪もその類《たぐ》いなのだろう。

指輪そのものは微妙だけど、そういうこだわりは悪くないと思う。そして、堀は本来、そういう人間なのだ。

「そういえば、前に坂巻さんが、空気を読まずに取材しろ、そうしたら原稿を見てやるとか言ってたじゃない。あれ、どうなった？」

堀の表情が曇った。高橋のほうを、窺《うかが》うようにする。

「高橋デスクが嫌がるの？」

小声で尋ねると、堀は首を横に振った。

「そうじゃなくて、高橋さんが最近、僕に冷たいんです。忙しいから、しようがないのかもしれないけど」

相変わらず食に関する原稿を出しているのだが、ボツにされるばかりで一向に掲載されないのだと、堀はぼやいた。

ボツにするなら、指導が必要だと思う。指導しても、堀の実力が一向に伸びないから、匙《さじ》を投げたのだろうか。

そもそも、記者の指導は一義的にはキャップの役目だ。堀を放り出しても、高橋が責任を問われることはない。点数を稼げないと見て、坂巻に責任を押し付けることにしたのかもしれない。

「あの……。坂巻さんって、どうですか？」

堀が尋ねた。

「どうって？」

「上原さんは、なんだかんだで、坂巻さんとうまくやってるように見えます。それに、原稿もニュースを含めてびしばし出てる。坂巻さんって、実はすごい人なのかもしれないなって」

思わずため息を吐《つ》いた。

坂巻とうまくやっているだなんて、誤解も甚だしい。

「確かに、あの人も時々いいこと言うと思う。でも、理不尽であることには変わりないよ。昨日の夜だって……」

ヘルパー暴行事件以上のインパクトがあるニュースを取ってこいと言われたことを話すと、堀は目を丸くした。

「厳しいっすね。奨励賞が出たばかりなのに」

「まあ、あの人はそういう人だから。ともかく、月曜朝までに、仮説をまとめなきゃいけないんだってさ」

「仮説、ですか……」

堀が腕を組んだ。

「暴行事件以上となると、殺人しかありませんね」

軽い調子で言われ、面食らった。

「殺人？　それはさすがに、社会部マターでしょう。暴行事件だって、たまたま行き当たっただけだし」

「いや、でも可能性ってあるんじゃないですか？　老老介護で無理心中っていうのは、平凡すぎるな。それより、ヘルパーが保険金目当てに年寄りに取り入って、後妻に収まって殺しちゃうとか」

「そんな乱暴な……」

顔をしかめながらも、仮説ならば、確かにアリかもしれないと思った。

ヘルパーではないけれど、保険金目当てに資産家老人と結婚し、毒殺してはまた次の相手を探していた女が最近、捕まったばかりだ。

「あとは、ヘルパーが介護する家族の過酷な状況を見るに見かねて、年寄りを殺しちゃうとか」

よくもまあ、そんなにすらすらと二時間ドラマのネタみたいなことが口をついて出てくるものだと感心する。

しかも、そういうケースを見つけ出して取材するのは、至難の業ではないだろうか。

そう言うと、堀は肩をすくめた。

「仮説でしょ？　多少、飛躍があったって、考えてみりゃいいんですよ。坂巻さんが言うように、何か出てくるかもしれないし」

坂巻の肩を持つのか？

驚きつつも、前に坂巻と堀が話していたときのことを思い出した。

「もしかして、前にそういうことがあった？　坂巻さん、皆既月食イベントの取材がどうとか言ってたけど」

「ああ、あれ。たいした話じゃなかったんですけど……」

支局で警察を担当していた頃、皆既月食を見るイベントにプライベートで行こうと思ったのだと堀は言った。

「ところが、なぜかそのイベントが直前に中止になっちゃったんですよね。主催者に理由を聞いてみたんですけど、よく分からないって。でも、いったん許可されたイベントがいきなり中止って変じゃないですか。近所にイベント嫌いのモンスター住民がいるんじゃないかと思いました」

仮説を立てた、ということか。

だから、イベント会場の付近の家を絨毯《じゅうたん》爆撃で取材してみたのだと堀は言った。

「モンスターは見つかったの？」

「ええ。しかも、県警の偉い人の奥さんだったんです」

クスリとかやってる変なのが来たら嫌だから、中止にしてくれと旦那に頼み込み、旦那の鶴の一声で中止になったのだそうだ。

「理不尽ですよね。県警の担当者もぼやいてました。担当者は、町おこしにつながるかもしれないからイベントを成功させたがっていたんです。おかしな連中が紛れ込まないよう、警備を徹底する予定で準備を進めていました」

「その話、記事にしようとした？」

「もちろんですよ。本気モードで取材しましたもん。当時の彼女と二人で行くのを楽しみにしていたのに、そんな理由で中止だなんて、ムカつくじゃないですか。でも、支局長が、そんなくだらないことで警察に喧嘩を売っても、いいことなんか何もないから止《や》めろ、ネタが取れなくなったらどうするんだって」

取材先との関係を気にして、自主規制か……。

ありがちな話だった。その支局長が特別ダメな人間だとは思わない。

この会社のトップに君臨する当間会長ですら、六年前、政治部記者の特ダネを握りつぶしたとされている。

記事の掲載には明確な基準があるわけではない。

——裏が取り切れていない、このタイミングでその記事を出すと、よからぬ影響が出る。

原稿をボツにしたり、一部を削除したり、扱いを小さくする理由など、いくらでもつけられる。

「堀君は、それで納得したの？」

「納得とまではいかないけど、警察担当は、幹部との人間関係がすべてって言いますよね。それまでにも、空気が読めないって散々怒られていたから」

空気を読んで、ボツを受け入れたということか。堀はそこで一つ、大人になったのだろう。

でも、そこで堀は萎縮《いしゅく》してしまった。空気を読む努力を始めた結果、迷走している。

変わらなければならないのは、自分ばかりではないようだ。

「坂巻さんなら、記事を掲載してくれたかもね」

千穂が言うと、堀は目を瞬《しばたた》いた。

「そんなことを言ってましたね。でも、本当にそうですかね？　だって、理不尽大王ですよ？」

普段は理不尽なくせに、こういう場面では、坂巻は、まともな判断力を発揮しそうな気がする。堀のそのネタは、坂巻の大好物の匂いがする。

——県警、コネ利用で不当な圧力。

そんな見出しを立て、徹底的にその県警幹部をこき下ろすのではないか。

そう言うと、堀はうなずいた。

「ああ、なるほど。ヤツの思考パターンは、そんなかんじかもですね。ただ、坂巻さんは、所詮キャップでしょ」

紙面の編集権は、もっと上のほうにあり、坂巻ができることには限界がある。

「でも、掲載を目指して上と戦ってくれるんじゃないかな」

坂巻はそういう人間だ。

それだけでも、記者は救われる。堀が萎縮することもなかっただろう。

そのとき、ふと思った。

坂巻は、理不尽で頓珍漢で面倒くさい。

でも、いろいろなことに気付くきっかけを作ってくれた。そのことは素直にありがたい。

自分で考え、動いているだけでは、限界がある。坂巻に振り回され、投げ飛ばされたときに、これまで見えなかった景色が見えてきた。

そこから、どこへどう進んでいくかは、自分次第だ。

坂巻の下についたのは、悪いことではなかったのかもしれない。理不尽な仕打ちや暴言に耐えるというおまけがもれなくついてくることが問題ではあるのだが……。

ずっと抱えていたモヤモヤとしたものが、少し晴れたような気がした。

それと同時に、坂巻に対する不快な気持ちも、薄れていった。顔を見たり、罵倒《ばとう》を浴びたりしたら、再び不快になるのが目に見えているけれど、とりあえず、坂巻を毛嫌いするのはもうやめよう。暴言やパワハラを彼の個性と割り切って聞き流せる度量があれば、悪いキャップではないかもしれない。少なくとも自分には合う。

目の前にいる小柄な若者は、まだ袋小路の中にいるようだ。

机をチラ見したところ、広げたノートは白紙だった。自分のことにはアイデアすら出ないのだろう。

千穂は思い切って言ってみた。

「坂巻さんに相談してみたら？」

「うーん」

堀は高橋のほうを窺うと、ため息をついた。

高橋に指導してもらうことをまだ諦めきれないようだ。

気持ちは分かる。優秀なデスクやキャップに可愛がられれば、原稿の扱いもよくなる。逆も然《しか》りだ。

でも、高橋に期待してはいけないと思う。

というより、誰かに指導してもらおうとすること自体、間違っている。新入社員ならともかく、堀だって四年目だ。

「ね、そうしなよ。罵倒さえ聞き流すことができたら、堀君は案外、坂巻さんと合うかもよ」

「それはないっす」

顔をしかめながら即座に言ったが、千穂は首を横に振った。

「そうでもないと思うよ。だって、坂巻さんも空気を読めない」

いわば、堀の同類だ。千穂のように、いちいち考え込むタイプより、堀のほうが坂巻とうまくやっていけるような気もする。

「なんなら、さっき言ってた介護現場の取材、一緒にやってみる？　仮説は堀君の言ってた殺人にしようと思ってるから、私としては歓迎だよ」

そうすれば、坂巻との付き合いがどんなものであるか、堀にも分かるだろう。

そのうえで、坂巻を受け入れるか遠ざけるかは、堀の自由だ。

「私から坂巻さんに話してみようか？」

千穂が言うと、堀はようやくうなずいた。

2

それから一月ほどの間、堀と二人で連絡を取り合いながら、介護現場の取材を続けた。事業者にアポを取り、責任者の話を聞き、現場の取材をさせてもらう。そんな地道な取材の繰り返しだった。

——記事にならないかもしれないけれど、話を聞き、現場を見たい。

始める前は、そんな取材依頼の仕方では、多忙を極める介護事業者は、会ってくれないのではないかと心配していた。

実際、断られるケースもたくさんあったけれど、中には応じてくれる人たちがいた。現状をどうにかしたいと、真剣に考えている人たちだ。

もちろん、彼らの側にも思惑はある。

いい話が記事になれば、無料の広告みたいなものだし、新聞を通じて役所を動かしたいという考えが露骨に透けて見えることもあった。

それでも、時間を割いてくれるだけで、ありがたかった。

膝をつき合わせて話をしていると、その人の本音が見えてくる。当たり前のことだけど、改めてそう思う。

メールでやり取りするだけでも、記事を書けないことはないだろう。でも、書けるのはその一本だけで、次につながるものは残らない。

せっかくなので、会った人と簡単な取材内容を、表計算ソフトで堀と共有することにした。この一カ月で会った人の人数は二人合わせて百人を軽く超えた。

ただし、殺人事件はもちろんのこと、他の原稿もほとんど出なかった。そろそろ、なんとかしなければと焦りを覚え始めたところだが、坂巻は仮説を見たときから、上機嫌が続いていた。

「大きく出たもんだな。おおいに結構。お前ら分かってきたじゃないか」

丸めたノートで膝をバンバン叩《たた》くと、子育て取材とニュースの出稿は自分と柿沼に任せて、しばらく現場を回るように言った。

坂巻はともかく、柿沼の最近の活躍ぶりからすると、ニュースを出すというグループとしての責任は、十分果たしていると言えそうだった。

柿沼は、子育て取材がすっかりツボにはまったようで、半藤の助言を受けながら、取材に走り回り、ニュースを連発しながら読み物記事を書いていた。

最初は、男性記者が子育てを担当することに難色を示していた阿波野も、今ではすっかり柿沼を頼りにしているようだ。

それで自信と調子が戻ってきたのか、柿沼は得意の年金問題でも、ニュースを抜いてきた。

柿沼も変わったのだ。彼の場合、きっかけは坂巻ではなく、半藤だろう。半藤も坂巻もサラリーマン記者という規格からはずれている。そういう人間は、他の記者を変える力を持っているのかもしれない。

それはともかく、あとは、自分と堀だ。その準備は、たぶん整いつつある。

七月に入って最初の月曜日、取材メモをまとめていると、内線電話がかかってきた。

「上原さん？　平城《ひらき》だけど」

社会部にいる女性記者、平城美千代《みちよ》だった。年次は千穂より四つほど上だ。平城とは今年の春まで一年間も同じ部にいたのに、ほとんど会話を交わした覚えがなかった。

千穂は遊軍、平城は官庁の記者クラブにいたから、ほとんど接点がなかったというのはある。でも、それだけではなく、押しが強く仕事もできる平城に対して気後れを感じ、気軽に話しかけられなかった。

でも、部が替われば、状況も違う。そして、自分は変わりたいのだ。もう自分を卑下したりしない。

「ご無沙汰しています」

千穂が言うと、平城は舌打ちをした。

「相変わらず、暢気《のんき》ね。それより、上原さんのグループ、何やってるの?」

――いきなりそう来たか……。

昨日、厚労省の担当になったのだと平城は言った。

「はっきり言って、迷惑なんだけど。前任者が柿沼とかいう記者に、役所を荒らされまくったから、私に担当が替わったの」

厚労省には、経済部、社会部、科学医療部の記者が常駐している。

そのうち、年金問題など経済部の領域や、先端医療部の領域については、どうでもいいけれど、社会部の担当分野については、荒らされるわけにはいかないと平城は言った。

「柿沼とかいう人だけじゃなくて、最近、上原さんともう一人、若いのまで厚労省に出入りしているんだって?」

現場を取材しているだけでは、分からないことがある。だから、厚労省の担当部署に何度か話を聞きに行った。

「そのことだけど……」

このグループは、どこでも誰でも自由に取材し、原稿を書いていいことになっている。記事を書く前に担当に一言断ったり、協力を仰いだりすることはあるが、取材を遠慮することはない。

そういうことで、編集局内の了解を得ているはずだ。

そう説明したが、平城は迷惑だと繰り返した。

「私が担当になった以上、勝手な真似《まね》はさせない。だいたい、取材を受ける側だって、担当の私以外の人間に応対しなきゃいけないんじゃ、迷惑でしょ」

「そう言われても、こっちも仕事ですから……。でも、迷惑をかけているなら、申し訳ありません」

そう言ったとき、突然、受話器を取り上げられた。

振り返ると、坂巻が立っていた。背後で話を聞いていたらしい。

「お前、誰だ」とぞんざいな口調で言いながら、千穂の頭をこづいた。

坂巻はしばらくの間、平城の話に耳を傾けていたが、突然、大声でまくし立て始めた。

「バカじゃねえの？　そっちがその気なら、こっちも徹底的にやるからな。覚えておけよ、平城記者」

そう言うと、電話を叩き切った。

なんという態度。見直したばかりというのに、やっぱり坂巻は坂巻だ。

肩を落としていると、坂巻は千穂を睨《にら》んだ。

「お前もどうかしてるぞ。謝る必要なんてないだろ。バカに頭を下げてどうする」

「はあ……」

だからと言って、相手をバカ呼ばわりするのも、いかがなものかだ。

隣の席から、堀が心配そうに声をかけてきた。

「でも、大丈夫っすかね？」

「空気が読めない堀でも心配か。ま、多少は面倒なことになるだろうな」

坂巻によると、平城は、厚労省の社会部が担当している部局の局長、課長に挨拶回りをする際に、生活情報部の取材は断るようにと言って回っているのだそうだ。

それをやられると、確かに辛い。平城が言うように、役所にとっては、記者クラブ常駐の記者に情報を一本化したほうが、楽なのだ。アポが入りにくくなるだろう。

夜回りをすれば、会いたい人に会うことはできる。でも、さすがにそこまでしたら、社会部に対する越権行為のような気がする。

千穂としては、平城が担当になるなら、こちらが下手に出てでも、なるべくいい関係を作りたかった。

たとえば、厚労省の人間に取材をしたら、取材メモを平城にも送り、情報を共有したっていい。厚労省が主語の原稿は、警察原稿を社会部に任せたのと同様、平城に書いてもらう。

とにかく、全面戦争を避けたい。平城は坂巻ほど理不尽ではないけれど、坂巻並みに恐ろしい。喧嘩や罵倒をためらわないという点では、高橋を上回る厄介さだ。

せっかく、このところいい方向に向かっていたと思っていたのに……。

気分がどんよりしてきたが、坂巻は拳を振り上げた。

「柿沼も聞け」

原稿を書いていた柿沼が顔を上げる。

「社会部の平城とかいうバカ女は、我々に喧嘩をふっかけてきた。一丸となって、バカ女を叩きのめすことにする。二度と、我々に刃向かう気が起きないぐらい、徹底的にやるぞ」

柿沼は渋い表情を浮かべていたが、「まあ、確かにその記者は、ちょっとやりすぎですね」と言った。

経済部の厚労省担当記者とは、今のところ情報を共有しつつ、うまくやれているという。

坂巻はうなずいた。

「まともな記者だったら、その経済部の記者みたいに他部と協力するんだよ。バカ女は、縄張り意識が強いだけで、まともに仕事ができないクズだろ」

政治部や社会部に時々いるタイプだと、坂巻は言った。

「自分の縄張りの中で、提灯《ちようちん》持ちして靴を舐《な》めて、できる記者気取りになってる。どんな女だか知らんが、パンツでも見せてるんじゃないか？」

強烈なセクハラ発言だ。でも、怒る気にはなれなかった。平城には、実際、そういう噂《うわさ》があった。

パンツを見せているかどうかはともかく、夜遅くまで取材先と飲みに行ったり、カラオケに付き合ったり……。平城は、それも仕事のうちと割り切り、取材先との関係を深めていた。簡単に言うと、気に入られ、可愛がってもらっていた。社内では強面《こわもて》として通っているが、外では声からして別人なのだ。

ならば自分もと思って、千穂も真似をしたことがある。でも、気は強いが、明るくてノリがよく、外見も華やかな平城と違い、千穂は地味で理屈っぽい田舎者だ。関係が深まるどころか、逆効果のようで止めてしまった。

坂巻は続けた。

「そういうネタの取り方が悪いとは言わんよ。そうしなきゃ取れないネタもあるだろう。俺自身にも、夜の付き合いで、関係を深めてきた人間が何人もいるしな。でも、俺がやってるのは、対等な意見交換だ。提灯持ちになるほど、落ちぶれちゃいねえ」

思わずうなずいていた。

平城にはパワーで負けていた。だから、平城の取材スタイルを非難する資格は自分にはないと思っていた。でも、彼女の原稿には取材先への媚《こ》びが透けて見えていた。

そう思う自分は青臭いのだと思い、知らず知らずのうちに、平城への嫌悪感を封印してきたみたいだ。でも、今ははっきり言える。自分は、平城みたいにはなりたくない。

柿沼が、うんざりしたように口を開いた。

「坂巻さん、ほぼ同感なんですが、相手を叩きのめすというのはどうなんですかね。それより、部長に経緯を話して、社会部長に一言言ってもらったほうがいいんじゃないですか？　このグループの存在については、編集局内で了承が取れているはずです。平城とかいう記者が、それを理解していないだけでしょう」

さすが柿沼。冷静で合理的だ。千穂もすかさず言った。

「私も、それがいいと思います。さっきは、不用意に謝ってしまったけど、これからはしっかり主張するようにしますから」

しかし、坂巻は首を横に振った。

「ウチの部長が言ったぐらいじゃ、社会部は痛くも痒《かゆ》くもねえだろよ。こういうときこそ、俺の出番だ」

拳をもう一方の手のひらに叩きつけながら言う。

堀は、勝手にしてくれと言うように、スマートフォンをいじっている。

「というわけで、上原と柿沼は厚労省を主語にしたニュース原稿を引っ張ってくること。それが、一番相手にとって打撃になるだろうからな。なんかないのか？」

「と、いきなり言われても……」

それ以前の問題として、一丸となってとか、俺の出番だとか言っていたくせに、自分は何もする気はないのか。

「小さなネタでも構わんよ。俺が手直しして、一面に出せるよう、盛ってやる」

柿沼がうなずいた。

「まあ、じゃあ、やりますか。実は、子育て関係で一つネタがあるんです」

役所が嫌がりそうな話なので、社会部の担当記者に悪いと思って放置していたのだが、相手が平城なら遠慮する必要もないだろうと柿沼は言った。

「サクっと書けますよ」

「よし、それでいこう。でも、一本じゃ弱い。上原も何か出せ。一カ月も堀を引き連れて、取材してたんだ。一本ぐらい、何かあるだろ」

「ええっと……」

焦りながら、取材を振り返ってみたが、厚労省を主語にして書けるような原稿は、思い当たらない。

黙っていると、坂巻がわざとらしくため息をついた。

「しようがねえな。俺がなんとかしてやってもいいんだが、それじゃ、お前が平城に舐められ続ける。お前自身が戦うんだ」

千穂はうなずいた。

こうなったからには、そうするほかない。坂巻に言われたからだけではない。これからは平城に舐められたくなかった。

少し考えた後、千穂は言った。

「武蔵野ケアの桑野さんに相談してみます」

専務とは、あの後も何度か会って、業界についていろいろ教わっている。厚労省の内情にも詳しいようだった。

「おう、いい考えだな。ただし、専務じゃなくて、社長のほうに相談しろ」

あの質《たち》の悪い酔っ払いか。取材しても何も出てこないような気がするのだが……。

しかし、坂巻はクックツと笑い始めた。

「社長は大の厚労省嫌いだ。業界で顔が広いし、うまくやれば、スキャンダルの一つや二つ、教えてくれるだろ」

「あの、僕はどうしましょう」

堀が尋ねた。

「原稿はいい。ただ、厚労省に通え。審議会だの委員会だのあるだろ？　ホームページを見りゃ、いつどんな会合が開かれるか分かる。公開されてるものも結構あるはずだ。そこで、役所の人間をつかまえれば、アポなんかなくても取材はできる」

そうやって、自分たちは引き下がらないと、平城に見せつけるのだと坂巻は言った。

「分っかりましたー。要するに、平城さんが僕にムカつきまくるようにすればいいわけですよね。だったら、名刺を配りまくってきます」

「こういうことになると、堀は冴《さ》えてるな」

坂巻が上機嫌で言う。

堀は、早速会合の日程を調べると言って、パソコンに向かった。

3

応接間のソファにふんぞり返った桑野社長は、千穂の話を聞き終えると、舌打ちをした。

「厚労省の話なあ……。俺もこの業界で長い。いくつか知らんでもないが、それを無料で教えてくれとは、ずいぶん虫のいい話だな。坂巻なら、これまでの付き合いもあるから、協力してやらんでもない。でも、お嬢さんは、この間、銀座で坂巻と三人で飲もうと誘ったとき、出てこなかったじゃないか」

モルトを口に含みながら言う。

胃がきゅっと縮まった。前回、ここで受けたアルハラに怖じ気《おけ》づいて遠慮してしまったのだが、それがここでこんなふうに効いてくるとは……。

でも、あのときのこのこと出かけていっても、アルハラを受けながら、太鼓持ちをする以上のことはできなかったと思う。

「お父さん、協力してあげてもいいんじゃないですか？　上原さんとは、坂巻さん同様、長い付き合いになると思っていますから」

横から専務が援護射撃をしてくれたが、社長は首を横に振った。

「俺は、簡単には人を信用しない。うっかり口を滑らせて、このお嬢さんが裏切るようなことがあったら、こっちが危なくなる。その点、坂巻なら安心だ。あいつは、ああ見えて口が硬いし、絶対に裏切らない。どうしてもネタが欲しいと言うなら、坂巻を呼べ」

上着のポケットに入っているスマートフォンをそっと撫《な》でた。

ここで電話一本かければ、たぶん、坂巻は来てくれる。

でも、それをやったら、自分は一歩も成長できない。ポケットから手を放すと、千穂はゆっくりと口を開いた。

「では、そのことは置いておいて、今夜は意見交換をお願いします」

社長は目を瞬くと、ニヤニヤと笑った。

「意見交換だと？　お嬢さんが俺に意見など、できるのか」

「意見っていうのは、言い過ぎでした。情報交換です」

これまで一月の間、介護事業者を回りに回って集めた情報を思い出す。

そして、脳の引き出しの中から、もっとも効果的と思われる一つを引っ張り出した。

「最近、危ないと言われてる会社が、東京にあるようですね。噂を聞きました」

「危ないって、何が?」

「もちろん、経営です。人手が集まらなくて、ヘルパーたちの勤務時間が長くなる一方らしいです。それを嫌って、社員がぽろぽろと辞めているとか」

生ハムを一枚口に放り込むと、社長はうなずいた。

「ああ、あの会社な。あそこは、トップがダメだな。ケーブルテレビにコマーシャルをだいぶん打ったようだが、そんなことでは、顧客は増えんよ。ウチみたいに、口コミを重視しないと」

その程度のことは知っている、こっちの情報とは交換できないとでも言うように、社長は鼻歌を歌いながら、モルトを自分の手で継ぎ足した。

「おっしゃる通りだと思います。ただ、あの会社、拠点の配置の仕方はうまいし、訪問入浴の専用車両をたくさん持っていますよね。その点は、評価できるのではないかと」

「まあな。ウチは訪問入浴には手が回らん。福祉関係の車両は、メーカーがぼったくり根性丸出しで、高値をつけやがるから、なかなか手が出ない。そのあたりを、一度、新聞で叩いてやってくれよ。福祉車両で年寄りの役に立つんだから安くしろとは言わんが、適正価格にしろって」

「そうですね。取材してみます」

無茶なことを言うと思ったが、うなずいておいた。

うまくはぐらかしたつもりだろうが、そうはさせない。

武蔵野ケアは、その会社に経営支援を頼まれたものの、のらりくらりと返事を引き延ばしているという噂だ。なるべく金を出さずに、経営権をそっくり取りたいのだろう。

「それより、お嬢さんは、何を飲む？」

「じゃあ、ワインのお替わり、いいですか？」

そう言うと、ワイングラスに三分の一ほど残っていたワインを飲み干した。

酔っ払ってなるものかと思いながら、社長にワインを注いでもらう。

専務が空になった水のグラスに、水を継ぎ足してくれた。申し訳なさそうに、頭を下げている。

社長が葉巻に火をつけた。

その臭さに思わず顔をしかめそうになるのを我慢してワインを飲んだ。さっきより、濃くなったような気がするのは、気のせいか。

社長は煙を盛大に吐き出すと言った。

「そういえば、来週、介護保険制度見直しのための会合が、厚労省であるんだっけか。何か、新しい話は出そうか？」

「ええ。ウチの若い記者が会合を聞きに行く予定ですから、もし良かったら会合後に、情報交換しましょうか。社長のご意見も伺いたいし。でも、その話はとりあえず置いておいて……」

ここがきっと勝負所だ。千穂は、腰が引けそうになるのをこらえ、鳩尾《みぞおち》のあたりに力を込めた。

「それより、さっきの続きなんですが、例の会社、水面下で動き始めたようですよ。もちろん、社長はご存じでしょうが」

社長の目が光ったような気がした。

「動き始めたと言うと？」

首をかしげながら言う。

身売りを検討している。しかも、関西を地盤とする大手介護事業者に。信頼できる筋から聞いた話だ。

「ただの噂なので、ここまでにしておきますが、西から風が吹くかもしれませんね」

社長の顔色が変わりかけた。

しかし、それは一瞬のことだった。ぷかりと煙を吐いて、「この業界はいろんな噂が出るからな」とつぶやくと、そろそろお開きにしようと言った。

ダメだったか……。落胆していると、社長が言った。

「専務、俺の書斎に行って、お土産を持ってこい。ちょうど、頃合いのものがあっただろう」

専務は心得たようにうなずくと立ち上がった。

お土産をくれるということは……。胸が高鳴り始めた。

「お土産っていうより、爆弾だけどな。坂巻なら、効果的な扱い方を知ってるだろう。こっちからも、手を回しておくから、盛大に花火をぶち上げろって、あいつに言っておけ」

社長は、そう言うと、豪快に笑った。

「上原さん、原稿、大丈夫ね？　社会部に送るわよ？」

高橋がデスク席から声をかけてきた。

「ＯＫです！」

「了解。じゃあ、これから社会部に行ってくるから」

高橋は緊張を顔に浮かべながら、席を立った。

「俺も行こうか？　援護してやるぞ」

坂巻が言ったが、高橋は首を横に振り、スカートを蹴り上げるように部屋を出ていった。

プリントアウトした原稿をもう一度、読み返す。

――厚労省局長、老人ホーム事業に「口利き」

自分でつけた仮見出しだ。整理部がつける見出しも、そう大きくは変わらないはずだ。

――都内の社会福祉法人が、老人ホームの開設を予定していたが、当初の計画と条件が異なることが判明し、都が開設許可を出さなかった。社会福祉法人のトップは、事態を打開するため、懇意にしていた厚労族議員の秘書に相談した。これを受けて厚労省から都に働きかけがあり、開設許可が下りた。金がやり取りされた可能性も濃厚で、贈収賄事件に発展する可能性がある。

原稿は、そんな内容だ。

桑野社長が持たせてくれたファイルに、秘書と社会福祉法人の関係者がやり取りしたメールのコピーが入っていた。社会福祉法人の元関係者と連絡を取り、裏を取った。最後に局長に取材をかけようとしたところで、坂巻から、待ったがかかったのだった。

「ま、このへんで勘弁してやろうや」

原稿を出稿する前に、社会部に相談という形を取ろうと坂巻は言った。

「柿沼がキツイ一発をお見舞いした後に、今度はお前じゃ、ちとやりすぎかもしれん」

徹底的にやれと言った割には手ぬるいと思ったが、叩きつぶすべきは平城個人で、社会部の顔を完全につぶすのは得策ではないと言われ、納得した。

高橋が社会部に行ったのは、原稿を見せ、記事化をどう進めるかを相談するためだ。

電話で誰かと話していた坂巻が、電話を切って椅子をくるりと回した。

「いやー、よくやったよ。バカ女は今頃、蒼白《そうはく》になってるぞ。今後は、上から目線で接してやれ」

「いや、でもこれは、厚労省だけを取材していたって、出てくるネタじゃないでしょう」

坂巻は顔をしかめた。

「そんなこたあ、どうでもいいんだよ。ネタを取ってきたのは、お前なんだから、もっと偉そうにしとけ。そういうところが、いつまでたってもダメなんだよな。堀を見習え」

堀は厚労省の各部局のほか、様々な審議会の委員を務める識者に名刺を配りまくったらしい。小柄な彼が、ちょこまかと省内を動き回る様子が若手官僚の間で話題になり、「ひとり少年探偵団」と名付けられ、ちょっとした有名人だそうだ。

「まあ、しかしお前はよくやったよ」

「あの……。それなんですが、坂巻さん、私に隠れて社長に電話をしませんでしたか？」

関西の企業が、東京に進出するという話は、その後、ガセネタだと分かった。武蔵野ケアが、問題の企業を買収することで、内々に決着がついていたのだ。千穂は、周回遅れの噂を社長に披露してしまったことになる。

社長も、そのことは分かっていたはずだ。にもかかわらず、お土産を持たせてくれたのは、坂巻の口添えがあったからだろう。

坂巻は、にやりと笑った。

「そこに気がつくとは、お前もちょっとは成長したってことだな。お前のへなちょこ取材で、社長がお土産をくれるとは思えなかったから、口を出させてもらった」

「やっぱり……」

予想はしていたけど、がっかりだ。

それに、こういうときには、たとえそうであっても、その事実を伏せ、部下に花を持たせてくれるべきではないだろうか。

うなだれていると、坂巻が鼻を鳴らした。

「勘違いするんじゃねえぞ。俺は、ただネタをやってくれって頭を下げたわけじゃないからな。お前が、ネタ欲しさのあまり、恥ずかしげもなく、提灯持ちみたいなことをしたり、泣き落としに出たりしたら、遠慮せずに叩き出してくれ。でも、へなちょこなりに真剣勝負を挑んできたら、若い者を育てると思って協力してやってくれないかって頼んだ」

千穂は、手に持っていた原稿を、思わず握りしめた。

「だから、あれはお前が取ったネタだ。社長は、お前を認めてくれたってことじゃねえの？」

だとしたら、素直に嬉《うれ》しい。遅ればせながら、スタートラインに立てたような気がする。坂巻に背中を押してもらったものの、今、自分は自分の足でしっかりと立っている。これから、真剣に走ろう。

そのとき、高橋が戻ってきた。阿波野のほうに行く。事の次第をミで、筆頭デスクに報告するということのようだ。

「おい、俺たちも様子を見に行こうぜ」

坂巻に促され、阿波野デスクに向かった。

「というわけで、後は社会部が引き継ぐそうです」

高橋は、硬い表情で言った。

「ウチと共同出稿にしてくれって、言わなかったんですか？」

阿波野が詰問する。淡々としているだけに、かえって怖い。

坂巻は、黙って腕を組んでいた。

「もちろん言いました。でも、社会部がその場に編集局長を呼んだんです。そもそもここまでズバリ社会部のネタを、生活情報部から出すのは筋が違うと言われてしまって……」

局長まで引っ張り出してきたのか。だとしたら、高橋が抵抗できなかったのも、無理はない。

いつの間にか、下村部長もそばに来ていた。

「まあ、編集局長がそう言うなら、しようがないよ」

千穂もうなずいた。

平城に一泡吹かせるという目的は、達成されている。それで構わないと思う。

そのとき、坂巻が口を開いた。

「そもそも、この部にニュースを出せっていうのが、無理筋なんですよ」

その場にいた全員が、ぎょっとしたように固まった。

今さら、それを言うかと千穂も思う。

「やれと言うからやってきましたが、そろそろいいんじゃないですか？　でないと、記者がやってられない。前回も、今回も、ネタを取ってきたのは上原なのに、警察マターだからって、本記原稿は社会部が出すことになりました。俺だったら、ネタ取ってきたのは誰だと思ってるんだって言って、辞表を叩きつけますね。こいつは、お人好しだからのほほんとしてるけど、俺は腸《はらわた》が煮えくりかえってるんですよ」

坂巻には珍しく、落ち着いた口調だった。

「ニュースを出すことで、この部の活性が上がったと思っているので、私は続けてもいいように思いますけど」

阿波野が言い、下村部長もうなずいた。

「編集局で決まったことだしな。たった三カ月でやめるというのは、体裁が悪い」

「そういうことなら、続けるほかないですね。ただ、部の活性を上げるんだったら、ニュースを出すなんていう変化球ではなく、直球勝負を挑んだほうがいいんじゃないですか？」

この部にとって、ニュースが変化球なのか。でも、言われてみれば、その通りだった。

「では、坂巻さんは、何をすればいいと思うの？」

阿波野に尋ねられると、坂巻はうなずいた。

「そんなの決まってます。一面の大型企画を主導することですよ。政治部、社会部、経済部を配下につけてもらって、この部が主導する企画を長期連載するんです。秋から始まる半年間の不定期連載って、まだ決まっていませんよね？」

「あれは社会部が主導するのが毎年の慣例だろ。ウチからも記者を一人、二人出すけど」

下村が言うと、坂巻が語気を強めた。

「それがおかしいんですよ。唯々諾々《いいだくだく》と、社会部に使われちゃいけないんです。連中、このところ、ろくな企画を出してないじゃないですか。ここは、思い切って手を挙げたほうがいい。ウチには、高橋もいることだし」

阿波野が眉をひそめる。

「高橋さんに、大型企画の責任デスクに手を挙げさせるっていうの？」

「それはちょっとどうかな。高橋さんは、この部だけではなくて、編集部全体で最年少デスクだぞ」

下村も言う。

下村はともかく、強気の阿波野でも、ためらいがあるようだ。

確かにリスクは高い。失敗したら、高橋は袋叩きにあい、有能というレッテルを剝奪《はくだつ》されるだろう。

――所詮、女は女。

そんな声が、社内のあちこちから上がるような気がする。

坂巻は、肩をすくめながら、高橋を見た。

「高橋はどうなんだよ。八方美人をやりながらせこせこ点数稼ぐより、よっぽど効率がいいと俺は思うけどな。失敗したら大減点だけど、それはそれがお前の実力ってことだな。ま、チヤホヤされたいだけなら、今のままのほうがいいんだろうけどよ」

高橋は、坂巻を思い切り睨むと、考えておくと言った。


席に戻ると、帰り支度を始めた。いつの間にか、もう九時を回っている。急げば定食屋のラストオーダーに間に合いそうだ。

間に合ったら、ほっこりと肉じゃがなんか食べたい。ワカメの酢の物とかもいい。優しい食事がしたかった。

ここ数日で、精も根も使い果たしてしまった。へなちょこなりに、頑張った。

そのせいか、悩まされていた焦燥感は収まっているけど、頭の中は真っ白だ。

明日からの土日は、仕事のことを忘れて、充電しよう。一日は掃除洗濯に当てるとして、もう一日は、どこかに遊びに出かけたい。

思い切ってこっちから山下を誘ってみようと思った。

前回のディズニーシーで、デリカシーがない変なヤツだと思ったけれど、一緒にいると楽しいし、何より気楽だ。付き合うかどうかはともかく、しばらくは、時々会って遊ぶ友だち関係を続けたい。

土日の天気は良さそうだ。山下は、漁師街の出身だ。のんびりと堤防で釣りを教えてもらったら、いい気分転換になりそうだ。

スマホを取り出し、土日のどちらか、空いていたら遊びに行こうとメールを打った。

「お先に失礼します」

坂巻に声をかけると、うなり声のようなものが返ってきた。

会社を出たところで、電話がかかってきた。山下だった。

「メール読んだけど、ごめん、今週はダメなんだ」

「あ、そうなんだ。気にしないで。また、暇なときに遊びに行こう」

「実は、それもちょっと」

「え?」

「田舎にいる彼女に、女の人と二人で遊びに行くのはよしてくれって言われちゃったんだ。彼女、今週、東京に遊びに来るんだけど」

彼女がいたのか! だったら、先にそれを言え。そもそも、こっちが勘違いするような場所に連れていくな。

そのとき、ようやく気付いた。

「ええっと。っていうことは、ホテルのバーとかディズニーシーっていうのは……」

「ごめん、ごめん。彼女の前で恥をかきたくないから下見をしときたかったんだ。あ、浅草も意外によかったね。彼女を連れていこうと思ってる」

一瞬、絶句した。

でも、すぐに笑いがこみ上げてきた。

山下が微笑《ほほえ》ましい。そして、山下の彼女が羨ましい。なんだか楽しそうなカップルだ。

そして、自分は当分、一人でいい。今のところ、仕事で手一杯だ。デートのために下見をするような意欲はまったく湧かないし、そもそもデートを息抜きとしか考えられない。それでは付き合う相手に失礼だ。

今は、恋愛などする時期ではないのかもしれない。真剣に働いていたら、そういう時期がきっとあるのだ。焦ったり、寂しがったり、惨めに感じたりする必要はない。誰かが設定した枠に自分をはめる必要なんてない。

そして思った。

高橋が大型企画をやるなら、自分もそのメンバーに入りたい。きっと、坂巻は口を挟んでくる。他部との軋轢《あつれき》もあるだろう。

面倒くさいことになるのは目に見えているが、それでもきっと楽しい。ニコニコ笑いながら仕事はできないだろうけど、新しい世界が見られるはずだ。

「じゃあ、まあ、今度同期会でもやろうよ」

そう言って電話を切ると、千穂は水道橋の駅に向かって歩き出した。

本書はハルキ文庫のために書き下ろされたものです。この物語はフィクションであり、実在の人物・団体などとは関係ありません。

Haruki Bunko
ハルキ文庫

せ 2-3

スクープを狙《ねら》え! 中央新聞坂巻班《ちゅうおうしんぶんさかまきはん》

著者 仙川《せんかわ》 環《たまき》

2015年1月18日第一刷発行

発行者 角川春樹

発行所 株式会社角川春樹事務所
〒102-0074 東京都千代田区九段南2-1-30 イタリア文化会館

電話 03(3263)5247(編集)
03(3263)5881(営業)

印刷・製本 中央精版印刷株式会社

フォーマット・デザイン 芦澤泰偉
表紙イラストレーション 門坂 流

ISBN978-4-7584-3869-8 C0193 ©2015 Tamaki Senkawa Printed in Japan
http://www.kadokawaharuki.co.jp/[営業]
fanmail@kadokawaharuki.co.jp[編集] ご意見・ご感想をお寄せください。